本能寺から始める信長との天下統一

HONNOUJI KARA HAJIMERU
NOBUNAGA TONO TENKATOUITSU

常陸之介寛浩
イラスト／茨乃

「子種は何時になったら貰えるのでしょう?」
茶々

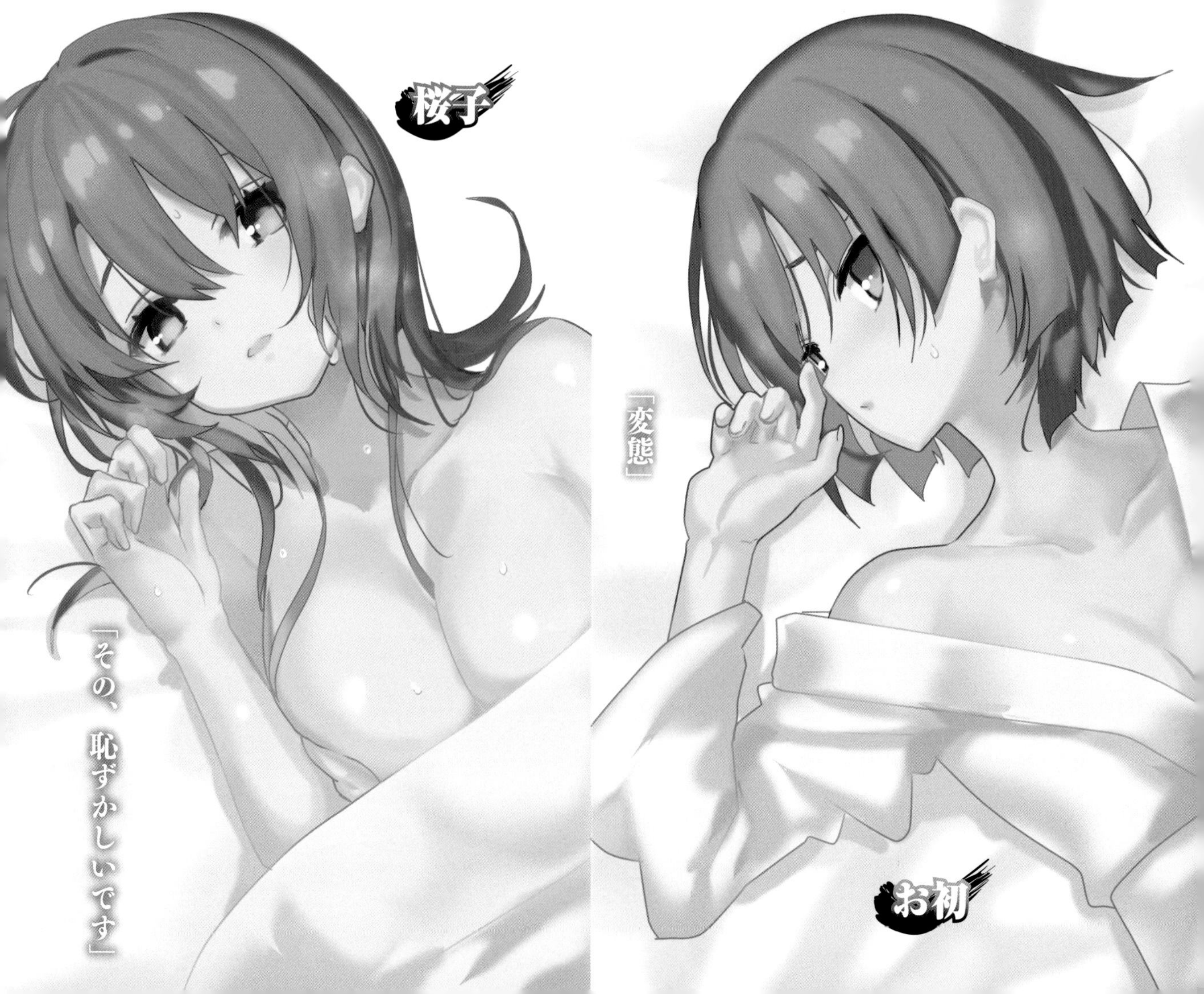
お初
「変態」
桜子
「その、恥ずかしいです」

「あっ、あれは、サン・ファン・バウティスタ号！」
黒坂真琴
織田信長

本能寺から始める信長との天下統一　3

常陸之介寛浩

OVERLAP

目次

プロローグ

《あるかもしれないパラレルワールドの未来》

　青々とした一本の大木を背景におなじみの歌が流れると、グループ企業６０９４社が字幕で高速で流れた後、

『この番組は、世界の人々を幸せにする企業理念の世界最大企業、株式会社常陸《ひたち》技術開発研究製作所グループの提供でお届けします』

　おなじみの番組スポンサーの案内が流れ、番組は始まった。

「皆様こんばんは、今週の時代ふしぎ発見は、副首都である茨城県にスポットを当てて行きたいと思いますが、白柳鉄子さんは茨城と言うと何を思い浮かべますか？」

　マッチョなダンディーな司会者が、テレビ業界の生き字引のような存在のレギュラー解答者に聞いていた。

「そうですわねー、やはり黒坂真琴《くろさかまこと》が崇拝していた鹿島神宮でしょうか？　あそこに行く

と清々《すがすが》しい気持ちになりますわね。坂西さん、行ったほうがよろしいのでは？」

昔プロスポーツ選手として活躍し、今では商売人のイメージが強い俳優に投げかけると、

「んな、関西の『えべっさん』で、商売繁盛を毎年お参りしていますがな」

と言うと会場では笑いが起きていた。

きっと狙ったキャラ作りなのだろうが、それが微笑《ほほえ》ましかった。

「野々町君は茨城と言うと何かありますか？」

「えぇ、水戸のマラソンに参加したりしていますよ。千波湖の周りを走るのは気持ちが良いですね。自転車で霞ヶ浦《かすみがうら》から筑波山《つくばさん》に向かうのも気持ちいいですよ。冬に張り詰めた空気の中、茨城生産のあの甘い缶コーヒーを啜《すす》りながら休憩がまた良いんですよ。走りきったあと筑波山温泉で一っ風呂浴びてドクペでシュワーってのも良いですね」

童顔おじさんは意外にも、まともなスポーツが出来る茨城と言う魅力を語っていた。

それにダンディーな司会者は温かな視線を送って、スポーツマンとしての仲間意識なのか、にこやかな表情を見せ同意の頷《うなず》きをしていた。

「さて、安土《あづち》幕府初代将軍織田信長《おだのぶなが》の軍師として活躍、数々の功績を作った常陸藩初代藩主、大納言・黒坂真琴は常陸国を大きく繁栄させ、今に続く日本の二番目の都市を築いた歴史から、遡ってミステリーに迫っていきたいと思います。第一問はこちらです。時代ふしぎ発見!!」

スタジオから映像が変わると、竹外ベテランミステリーハンターを映し出していた。

「黒坂真琴が幼少期を過ごし、強く信仰したと言われている鹿島神宮に来ております。この澄み渡る池、綺麗《きれい》でしょう。身を清めるのにはとても美しい池ですね。この鹿島神宮で御手洗《みたらし》池に入って黒坂真琴も身を清めていたんでしょうね」

鹿島神宮内にあるパワースポットを次々と案内した。

浄化の御利益があるとされる御手洗池、縁結びに御利益があるとされるハートの石灯籠、勇気・前進に御利益があるとされる奥宮、そして地震災難除《よ》けに御利益があるとされる要石。

第一問目は鹿島神宮の『要石』で、なにを押さえつけているとされているか？

答えは、地震を起こすとされている地下に眠る『大鯰《おおなまず》』。

正解者は白柳鉄子、ただ一人という難問から始まった。

第一章　近江大津城の生活

俺は織田信長の征夷大将軍《せいいたいしょうぐん》宣下の儀が終わった翌々日には、早々と近江《おうみ》大津城に帰った。

底冷えの言葉が合う京の銀閣寺城で寒さに震えながら引きこもりになるには、城内に人が多すぎた。

そして、隙あらばと俺に面会を求めてくる武将や公家《くげ》が多い多い。

一人に会えば他にも会わないとならなくなるため、誰とも会わずに銀閣寺城を脱出した。

直前に森蘭丸《もりらんまる》にそのことを伝えると、織田信長から帰城の許しはあっさりと出た。

織田信長としては、用事が済んだのだから良いのだろう。

近江大津城に帰ると、囲炉裏《いろり》の前から離れない日々に、茶々《ちゃちゃ》が呆《あき》れていた。

「いい加減にして下さい。桜子《さくらこ》達《たち》はこの寒い中、冷たい水で文句も言わずに働いていると
いうのに」

「茶々様、私達はそれが仕事ですから。御主人様が、その囲炉裏で温まっている姿を見られながら働けるなんて幸せです」

なんとも頭の上がらなくなることを言ってくれていた。ごめんなさい。

《茶々視点》

もう、せっかく帰ってきたからくっつきたいのに、お江《ごう》が早々と真琴様の隣を陣取るし桜子達は微笑ましく見ているし、私だってお江のようにしたい時だってあるのですよ。

寒いなら私の体温で温めてあげるのに。

「さっきからなにずっと見ているんですか？　あっ、茶々姉上様もマコにくっつきたいの？」

「何を言い出すのですか？　その様な、はしたないこと出来ますか。お江、嫁入り前なのですから程々にしなさい」

「え〜、マコに貰《もら》って貰うから良いもん、ね〜マコ？」

そうお江に言われると、真琴様は少々困った顔を見せていた。

お初《はつ》は襖《ふすま》の陰から見ている。ちょっとそれは恐《こわ》いから止《や》めなさい。

あとで注意しておかねば。

◇◆◇◆◇

冬眠生活に戻って一週間ほどして、近江大津城に客人が訪ねてきた。

「伊達輝宗《だててるむね》様が、帰郷されるとのことで是非、御挨拶をしたいと申しておりますが、いかがいたしましょう？」

柳生宗矩《やぎゅうむねのり》が伝えに来る。

伊達輝宗、大好きな武将の父親、以前、織田信長に臣下の礼の為《ため》に安土城に登城したとき、料理を振る舞って、気に入って貰ったこともあったから会いに来たのかと思い、二ノ丸にある広間に案内させた。

流石《さすが》に、熊の毛皮姿で出るわけにも行かないので、火鉢を真田《さなだ》幸村《ゆきむら》に真横に運ばせながら二ノ丸広間に入った。

「御大将、流石にこれは」

幸村が顔を引きつらせていた。

広間では下座で土下座をしている伊達輝宗と、若者一人が目に入る。

ん？　もしかして、この流れは？　伊達政宗《まさむね》？　片倉景綱《かたくらかげつな》？　伊達成実《しげざね》？　と、俺が好きな、大好きな武将ではないかと期待してしまう。

ドラマの影響が大きく、戦国武将で一番好きなのは伊達政宗だ。

以前、そのことは織田信長に言ったことがある。

唯一、お墓参りまで行ったことのある戦国武将。

あっ、日光東照宮も参拝しているから、徳川家康《とくがわいえやす》のお墓参り行ったことあるのか……あそこは神社として参拝したからノーカウントとしよう。

しかし、戦国時代末期人気武将オールキャスト家臣ルート継続中？　興奮を抑えながら、

「面をあげて楽にして下さい。伊達殿。寒くないですか？　幸村、火鉢をもっと頼む」

官位が上であり織田家一門衆として少し上から目線の挨拶をする。

仕方がない。これがこの時代の仕来りでありルール、礼儀なのだから。

だからと言って完全な上から目線ではなく、気づかいも見せながら。

すると、伊達輝宗が面をあげる。

「ここは雪深い米沢《よねざわ》よりは暖かいですよ。本日は突然押しかけまして申し訳ございません。京の都でお会いしたかったのですが、いつの間にやら御帰城なされてしまい会えなく、立ち寄らせていただきました。今日は帰郷いたしますので御挨拶と、失礼ながら頼み事がありまして」

そう神妙な顔で言う伊達輝宗。

「頼み事ですか？　何でしょう？　俺に出来る範囲なら協力しますが」

頼み事、自分で言っておきながらだが、これが恐い。

織田信長に取り入って出世をしたいと言う者が大半だ。

その為、茶々との結婚が決まったときは多くの来客が来た。

伊達輝宗も、その一人になるのか？　と、どことなく落胆の気持ちが出るが頼み事は、全くと言って良いほど、野心、立身出世からは関係のないものだった。

「はい、我が息子を家臣として預かってはいただけないでしょうか？」

キターーーーーーーーーー！

戦国時代末期人気武将オールキャスト家臣ルート継続！

抑えていた興奮が爆発する。

だって伊達輝宗の息子と言ったら、伊達政宗でしょ？

え？　でも、嫡男なのに良いのか？

突拍子もなく想像もしてもいなかった頼みに、

「え？　へっ？」

と、ちょっと真の抜けた声が出てしまった。

輝宗が言うと、伊達輝宗の右後ろに座っていた青年が面をあげた。

「小次郎《こじろう》、御挨拶を」

あれ？　隻眼じゃない。

しっかりと右目も意志の光を放っている。

小次郎？　あれ？　藤次郎《とうじろう》は？　ん？

優しい面立ちに独眼竜と呼ばれる雰囲気を感じない。

オタク男子が『同志だ！』と言う、某アイドル事務所の中でも男性ファンがいる、人の良さそうな笑顔の青年に雰囲気がどことなく似ている。

「伊達輝宗が次男、伊達小次郎政道《まさみち》にございます。お引き回しのほど、どうかよろしくお願いいたします」

「弟のほうですか？」

「はい、実はこの度、隠居を決めまして、嫡男の藤次郎政宗に家督を譲ることを上様から御許《おゆる》しが出ましたのですが、お恥ずかしい話、家中には小次郎を推す声もありまして、争いの火種となりそうなのです」


伊達輝宗は確かに史実でも、若いうちに家督を伊達政宗に譲っている。

伊達家は稙宗《たねむね》、晴宗《はるむね》、輝宗と代々家督相続で争いが起きている。

伊達輝宗はそれを危惧したのと、伊達政宗の器量を見込んで家督を早々に譲っている。

譲ったあと、伊達政宗が実の母親に毒殺されそうになり、母親を処罰出来ない政宗は、首謀者を弟の政道として、謀叛人《むほんにん》として処罰する。

しかも、七代の追放と言う死んでも罰せられる、おまけ付きと言う重い重い処罰だ。

戦国時代は実の兄弟で憎しみあい、殺し合いがごくごく普通にある、悲しい時代。

しかし、時代は改変されてしまっており、先が見えない。


「家督争いの火種を消すためと言うなら、信長様の小姓に推挙してはいかがですか？」


俺より織田信長の家臣にしたほうが良いのではと思う。

だって、俺の家臣だと活躍する場ないし。


「恥ずかしい話、妻の義《よし》が良しと言わないのですよ」

「ん？　駄洒落《だじゃれ》？」

「洒落では御座いません。上様にお仕えすれば命のやり取りは必定。その為、小次郎を溺愛する我が妻、義が許さず猛反対して、戦に行かぬのに出世なされている大津中納言様にならと言うのです」

伊達輝宗の妻、義は最上《もがみ》義光《よしあき》の妹、男勝りの人物として、歴史では語り継がれている。

何でも、伊達政宗と最上義光が戦になりそうになったときに、宮城県と山形県をつなぐ峠で陣取り、両陣営に「争うなら私を殺してから攻めなさい」と、止めたとか聞いたことがある。

伝説が本当なら、まさに男勝り。

伊達輝宗も無視出来ないほどなのだろう。

恐妻家と言うのかな？

「なるほど、ただし俺の家臣だと戦場に出る予定はないので、出世の可能性は極めて薄いですが、それでもよろしいのですか？」

「かまいません。いや、むしろそのほうが良いくらいです。小次郎が出世すれば、それはそれでまた争いの種になりますから。そうでなくても、小次郎をこのまま奥州に置いとけば間違いなく、家中の争いの火種になりますので、どうか預かっていただけないでしょうか？　奥州から離れた地の、こちらのほうが良いとも思いまして」

伊達輝宗は大きな目を見開き、俺の目をガッツリ見つめる。

北大路●也さんにそっくりな、伊達輝宗の目力は恐ろしいくらいだ。

「わかりました。では、伊達家が政宗殿で結束するまで、お預かりいたしましょう」

現状、家臣は多いほうが良い。と、言うか、家臣不足になりかけている。

城持大名として家臣を多く雇わねば、近江大津を支配出来ない。

こちらとしては願ったり叶《かな》ったりの頼み事。

伊達家との縁も出来れば、憧れの武将、伊達政宗とも会える日が来るだろう。

「よろしくお願いいたします」

頭を深々と下げる伊達小次郎政道。

また、一人家臣が増えた。

どうやら、戦国末期オールスターの家臣ルートは終わったようだ。

それは当然か？　前田慶次《まえだけいじ》、真田幸村、柳生宗矩、蒲生氏郷《がもううじさと》がいる段階でかなり贅沢《ぜいたく》なことなのだけど。

伊達輝宗は、一晩、近江大津城に泊まったのちに奥州、米沢城に帰っていった。


翌朝、庭に大きな鷹《たか》が止まり木につながれている。

鋭い眼光、鋭い嘴《くちばし》、鋭い爪、何もかもが鋭い大きな鷹、恐っ。

「うわっ、なにこれ？」

「はっ、父上様が常陸《ひたち》様にと置いていきました鷹にございます」

平然と言う伊達小次郎政道だったが、その後ろで、梅子《うめこ》が鉈《なた》を持って今か今かと待っている様子だった。

「梅子、これは流石に食べないから」

「え？　私はてっきり丸揚げにするのかと思っていたのです」

梅子は残念そうに鉈をしまって台所に戻っていった。

鷹、言葉がわかるのか、目を大きく見開いて暴れていた。

「うわ、どうしたというのだ、安達太良丸《あだたらまる》」

小次郎は必死に止めようと悪戦苦闘していた。

「ごめん、小次郎、俺、鷹狩りとかしないんだよ」

「え？　そうなのですか？」

「ん～俺だと持て余してしまうしなぁ、このまま飼っても宝の持ち腐れになるし、どうしよう？　もったいないなぁ……大空に放してあげても良いよ」

鷹に詳しくない俺でも立派な鷹であるのはわかる。このまま愛玩動物、ペットにはもったいない。

「しかしながら、一度人の手で育ててしまったものは……」

「だったら、信長《のぶなが》様に献上するよ。信長様は鷹好きだったはずだから」

興味を持っている者が飼うのが一番だろう。

森力丸《もりりきまる》に手配して貰い、鷹は織田《おだ》信長に贈った。

うちにこのまま置いておくと唐揚げにされ、食卓に上っていたかも。

鷹の肉、食べてみたい気もするが。

一時期、梅子と桃子《ももこ》は様々な肉を試した。

鶴やら朱鷺《とき》やら様々な鳥が唐揚げになって食卓に出たが、やはり鶏が一番だ。

鷹狩り、武将の習わしと言うのか一つの武芸と呼ぶのか、江戸時代まで続く文化なのだが、俺にその良さがいまいちわからない。

江戸時代では軍事訓練的な意味合いもあったらしいが。

ん〜鳥ね〜……、ペットにするならハシビロコウを飼ってみたいけどな。

同じ猛禽類《もうきんるい》でも、梟《ふくろう》はちょっと可愛《かわい》げがあるからペットには憧れはあるけど、伊達輝宗《だててるむね》が置いていった鷹は恐《こわ》すぎだよ。

よほど良い鷹なのだろうな。

《伊達小次郎政道視点》

「伊達小次郎政道、御大将の御側《おそば》で働くうえで守って貰《もら》わねばならぬ掟《おきて》がある。家臣一同はこの掟を守っておる」

「何にございましょう?」

森力丸様と柳生宗矩様に呼び出された。

大津中納言様の御側で働くに当たって掟があるという。

「御大将の不思議な言動を一切探ろうとなど考えるな。そして、知ってしまったことを伊達家に報告や、他言は一切してはならぬ。もし、破るようであるなら」

柳生様は太刀を素早く抜き、首すれすれで止めて見せた。

黒坂《くろさか》家一番の使い手にして、忍びをまとめていると聞く。

「私は、伊達家の邪魔者。それを快く置いて下される大津中納言様に背くようなことはいたしません」

どんな秘密があるのだろうか？　私も家臣には黒脛巾《くろはばき》組がいる。

大津中納言様の御側で働いていけば必ず耳に入ってしまうだろうが……。

「我が配下の忍びにも厳命いたします」

「そうか？　だが、もし、裏切るようなことがあれば、上様にご報告申し上げる。その時は伊達家ごと消えると思われよ。最悪、一族すべてなで斬り」

「森様、それほどの重大なことなのですか？」

「ほれ、その好奇心が最早《もはや》命取りだと考えよ。良いか、ここで聞いたこと、目にしたこと、一切話すなよ」

「はっ、心得ました」

二人に脅された。

何気に恐いな……黒坂家。

◇◆◇◆◇

近江《おうみ》大津城に冬眠するかの如《ごと》く引きこもっている俺に、茶々《ちゃちゃ》の呆れ顔は続いた。

ただ、よく、くっついてくる。

最近、お江《ごう》の隙をかいくぐっているような？

「もう、そんなに寒いなら温めてあげます」

と、言いながら。

それをお江が戯れて邪魔をし、桜子《さくらこ》は恨めしそうにジッと見ていた。

お初《はつ》はゴミくずを見るかの如く冷たい視線で見ていた。

茶々って、もしかして甘えてきているのかな？

うちの中で女同士の戦い勃発する？

噂《うわさ》に名高い、たわしコロッケドラマ発生？

それは勘弁願いたい。

俺は本当に寒いのが苦手なのだから仕方がない。

いや、ここが、茨城に比べて本当に冷えるんだよ。

ちょっとでも北風が吹くと雪がちらつくし。

そんな籠っていると、織田信長が京の都から安土《あづち》に帰る途中に近江大津城に立ち寄った。

出迎えると、

「なかなか良い城に出来上がったではないか？」

城を見渡しながら言う。

「はい、ただ寒いのが難点ですが」

「そんなに寒いのが嫌なら、今後の働き次第では、温暖な国を与えるぞ、励め」

織田信長が言うが、温暖な茨城県に住みたいが、今現在、常陸国は織田家の臣下となっている佐竹義重《さたけよししげ》の領地なのだから、無理だろう。

織田信長は恭順した者には領地安堵《あんど》をするのだから。

そんな話をしながら、奥の二ノ丸に作られた織田信長用宿舎、御成《おなり》御殿に案内する。

御成御殿の広間は総畳敷き、上段の間と下段の間に分かれており、上段の間には謎の彫刻師が彫った、今にも飛び立ちそうな金箔《きんぱく》で装飾された鳳凰《ほうおう》の彫刻の椅子が置いてある。

そこに織田信長が腰を下ろす。

「なかなか良い見事な装飾の椅子だな」

椅子を褒めて貰えた。気に入って貰えたようでなにより。

「良いでしょう。それは信長様専用の椅子として作ったのですよ。俺のも俺好みの椅子が出来まして、とても良い腕だと思うので召し抱え出来ないか、今、探しているんですよ」

「ほう、常陸はこのような装飾に興味があるのか？」

と、言う言葉で俺の愛用の萌《も》え萌えな椅子を知る、茶々と力丸は困り顔を見せ、織田信長は不思議がっていた。

俺達《たち》は下段の間に長いテーブルと椅子が置いてありそこに座った。

「南蛮式か？」

「はい、椅子とテーブルのほうが落ち着くので」

「未来では畳は使われないのか？」

「いえ、俺の親や祖父世代なら、畳は一般的な家庭にもあるものでした。ですが、俺がいた時代の新築の家は生活の様式が変わって、フローリングと言う板の間が好まれ、畳はすたれていきます。単純に掃除が楽とか、安いとか、椅子の生活のほうが楽とか、そんな理由ですよ」

　昭和はほとんどと言って良いほど住居には畳があるが、平成時代、段々と洋式化していき平成も終わりに近づこうとする頃には、フローリングが主流になっていた。

　畳の間は特別な部屋として作られたりもしていると聞いたことがある。

　うちの実家もリフォームしたとき、俺の部屋や、リビングなどフローリングにしたので、椅子生活のほうが慣れている。

「そうか、生活の様式が時代時代で変わるのだな？　常陸の時代も、その分岐点か？」

「はい、俺がいた時代は生活様式が大きく変わる分岐点と言って良いと思いますよ。絡繰《からく》り物が掃除洗濯料理までしますから。それこそ警備の兵まで、絡繰り物を取り入れている所までありましたから、あと数年先になれば人間と同じ姿の絡繰り物が家事をするのではないのかと思われるくらいでしたし」

　と、答えると皆が目を丸くして不思議な顔をしていた。

　掃除はお掃除ロボット、洗濯はほぼ全自動で、洗剤柔軟剤まで自動投入、中には風の力でシワも取る洗濯機も登場するくらい。

家庭の実用化まではいたっていなかったが、畳む機械まで開発されていたのを情報番組で見たことがある。

流石《さすが》に家にまでは料理ロボットはないが、冷凍食品など加工食品の多くは、機械化した工場で作られていたので、嘘《うそ》ではない。

それを料理は電子レンジでチン。

それが当たり前の時代って、安土桃山時代からでは想像出来ないだろう。

信じられないことなのだろうが、この場にいる、織田信長、森蘭丸《らんまる》、森力丸、森坊丸《ぼうまる》、弥助《やすけ》、そして茶々は俺が未来人だと知っている。

信じられないと言うか、想像すら追いつかないことでも、馬鹿にするように笑って否定はしてこない。

ひたすら理解しようと悩んで、天井を見上げて妄想していたりする。

特に織田信長は、腕を組んで目をつぶり必死に想像していた。

そんな会話が一段落した頃、伊達政道《まさみち》がお茶を運んできた。

「ん？　見慣れぬ者だが？」

「政道、信長様に御挨拶を」

「お初にお目にかかります。伊達輝宗が子、伊達小次郎《こじろう》政道にございます」

「ほお、貴様が輝宗の子か、この間の鷹は貴様がくれたのか？　良い鷹であった、輝宗に儂《わし》が礼を申していたと伝えるが良い」

「ありがたきお言葉、父にしかと伝えさせていただきます」

「ご報告が遅れてすみません。伊達輝宗殿が家中に置いておくと、跡目争いの火種になると申すので、しばらく預かることといたしました」

「兄弟の跡目争いは戦国の世では当たり前にあることだからな」

どこか遠くの過去を見るように言う。

織田信長も弟との家督争いの戦をしているからだろう。

戦国時代、どこにでもある話だ。

「政道、さがりなさい」

俺の秘密を知らない政道を退室させる。

「さて、常陸《ひたち》が申したように安土を拠点として幕府を開くが良いのか？」

首都となる拠点の話を始める織田信長。

「はい、海から離れた地でありながら水が豊富なこの琵琶湖《びわこ》一帯は理想的。安土、大津、長浜、大溝、賤ヶ岳《しずがたけ》、牧野の城を東西南北を水運でつなげ、一極集中を避けた街造りを提案します。俺が知る時代線での徳川家康《とくがわいえやす》の幕府は、武蔵《むさし》の国、江戸に大きな町を作るのですが、後の世では密集して美しくなく、また、災害に弱い街となりましたから。風水を取り入れ、また攻めにくさを求めた町は、平和の世では使いにくくなります」

俺の勝手な平成の世の東京都の感想だが、道路は入り組み美しさはない。

空を見上げても、高架橋。

日本橋ですら、上は高速道路なのだから、美しさや風情のかけらもない。

とある映画で日本橋の麒麟《きりん》の像を見ながら『これじゃあ飛べなくて可哀そう』と、言うシーンを観《み》たが、立派な麒麟の像も宝の持ち腐れ。

景色との調和がなく、美しさが半減している。

高度成長期に無理矢理作った首都高が原因の一つだ。

土地買収のお金と時間と労力削減で、水路の上に造られた高速道路。

父は、あそこを走るときは、

「走りにくい、わかりにくい」

苛立《いらだ》ちながら運転をし、

「絶対に首都高は運転したくない。合流に分岐ばかりで恐ろしい」

母はそう言っては首都高では絶対に運転をしなかった。

ビルに囲まれ掌《てのひら》を上に向ければ、空が全く見えないなんて当たり前の地。

緑は少なく、川はよどみ、美しさ、風情は消えた町。

そんな首都を避けるためには、琵琶湖一帯を開発し、一極集中を避けるのが良いと考える。

広々とした首都、四季を感じられる都市。

そして、密集を避け、省庁を分散させて置くなどをして、災害にも対応できる強い都市。

また、水が豊富なことも、この地を選ぶ理由。

無駄にダム造りをしないで済む。

「未来の知恵を知っている常陸の考えなら無視もできぬな」

「あと、東にも拠点として常陸の国の霞ヶ浦《かすみがうら》、北浦と呼ばれる湖があり、おすすめなのですが」

「常陸の国か？　佐竹義重の領地だな。あの者は上洛《じょうらく》を命じたのに、年端も行かぬ弟を代わりに上洛させおって、黒坂に常陸守《ひたちのかみ》を名乗らせているのがよほど気に入らないのであろう」

「なんか、すみません」

「常陸が謝ることではない。その分の働きはしてきたのだからな。しかし、佐竹義重、このままではどうにかせんとな」

険しい顔を見せる織田信長《おだのぶなが》。

「今は恭順しているので、東より西の平定を優先させるべきです。特に嫌いな島津《しまづ》を」

「なんだ、常陸は島津が嫌いか？　長宗我部《ちょうそかべ》は？」

「はい、あまり好きではないですね。良いイメージ……良い印象がないんです。子孫が武士の世を終わらす立役者になりますので。長宗我部は江戸時代には、大名としてはすでに滅びていますから別に好き嫌いの感情と言うか印象はありませんが、先日滅ぼした毛利《もうり》、そして、島津はあまり」

武士の世が終わる。と、言うのが少々不思議なようだった。

薩摩《さつま》の島津家、関ヶ原の戦では西軍に付いたにもかかわらず、許され領地安堵される。

徳川家には大きな借りがあるにもかかわらず、約２６０年後、倒幕派の先頭に立つ。

そして、武士の世を終わりにさせる。

武士の世が終わるくらいなら、まだ良いのだが、明治の大改革は、廃仏毀釈や廃城令に
廃刀令など、大切な日本文化を壊してしまう改革がある。

俺は、それが好きではない。

極端に言えば許せない。

城や仏閣、そのままの姿で平成まで残っていて欲しかった文化だ。

帯刀も、中東の国など一部地域に今でも残っているように、文化として残っていて欲しかった。

「いずれにしても、歯向かう島津は滅ぼす」

鬼の形相を見せる織田信長。

現在、島津は九州を統一しようと領地拡大の戦を繰り返していた。

征夷大将《せいいたいしょうぐん》軍である織田信長の命令など完全に無視している。

その為《ため》、今、下関に羽柴秀吉《はしばひでよし》が九州攻めの拠点を作っている最中。

城が出来上がれば、本格的に九州討伐が始まるのだろう。

「それとな常陸、大砲の改良の案はないか？」

「大砲ですか？　飛距離？　威力？　使い勝手？」

「そのすべてじゃ」

「ん～、改良点なくはないので、あとで手紙にして安土《あづち》に届けさせますよ」

「うむ、頼んだ」

織田信長は話が済むと宿泊はせず、安土城に帰っていった。


このあと、大砲の改良案を手紙に書き安土に届けさせた。

この大砲が後に、戦の様式のすべてを一新させることになるとは、後に気が付く。

《茶々《ちゃちゃ》視点》

おかしいわね？

確か、桜子《さくらこ》を抱いているはずなのですが？　あれは私の勘違いなのでしょうか？

一緒に暮らすようになって寝所を共にしていることはないようですが？

どこかで隠れてしているのでしょうか？

桜子は良い娘なのはわかっております。

側室としても許せます。

しかし、嫁として嫁いだ私がいるのですから、真琴《まこと》様も少しは男を見せて欲しいものです。

それにしても、子種はいつになれば貰《もら》えるのでしょうか？

ん？　真琴様は遠慮をなされているのでしょうか？

それとも本当は私を嫌いなのでは？

いや、それはないとは思うのですが。

全くいじらしい人ですね。

この私を悩ませるなんて。

それよりも、今まで戦に出ることがなかった真琴様ですが、この時代に染まってきているのを側《そば》で見ていると感じます。

あの、義父《とう》様の側に居るのだから当然でしょう。

そうなれば戦に行く日も……。

もしもがあれば、子を残さねば黒坂《くろさか》家は断絶。

真琴様の子を残すのは勿論《もちろん》ですが、黒坂家を残さねば、家臣達《たち》が路頭に迷ってしまいます。

真琴様は、その辺のこと気が付いていないのでしょう。

もう少し、私から攻めなければなりませんか？

恥ずかしいけど、頑張りましょう。

◇◆◇◆◇

俺は結婚をしている。

あの有名な織田信長の姪《めい》、茶々と。

茶々は俺と結婚するにあたって、織田信長の養女になっていて義娘、そうなると俺にとって織田信長は、義父なのだからなんとも不思議。

そんな茶々は、まだ十六歳になったばかり。

だが、結婚しているのだから平成でも子作りも合法で、平成の価値観から見ても倫理的にも、なんら問題はないのだが、踏ん切りが付かないでいた。

いや、この時代の法には年齢制限はない。

前田利家《まえだとしいえ》の妻の松《まつ》様は十一だか十二だかで子供を産んでいる。

前田利家、なかなかなかなかなか……。

ん～……それは無茶しすぎだろ！

と、ツッコミを入れたくなる。

それは置いといて、俺はまだ童貞。

茶々は、俺の寝室の隣の部屋を寝所としている。

隣の部屋と言っても、襖《ふすま》一枚向う側なだけで、寝息が聞こえる距離。

別に茶々の寝息が五月蝿《うるさ》いわけでも、鼾《いびき》や歯ぎしりが聞こえてくるわけでもないが、襖一枚向う側に美少女がいる。

しかも、抱いても良い美少女がいるとなると、気にせずにはいられず、聞き耳を立ててしまい、その音にいささか興奮をした。

そんな悶々《もんもん》として過ごす夜が続いて、数ヶ月、春の風が激しく吹く夜。

俺は何時《いつ》ものように、懐に隠してある時計で二十一時になったのを見て布団に入った。

ウトウトとしだした頃、人影が枕元に座っているのに気が付いた。

ジッと見つめる人影、よくよく見れば茶々、

「え？　茶々なに？　どうした？」

「その、子種は何時になったら貰えるのでしょう?」

なんか、前にも似たような台詞《せりふ》を聞いたが、美少女が精子をくれって言う意味の言葉を言っているのを聞くと、背筋がゾクゾクとした。

「って、いや、あの、その」

言葉に詰まる俺に抱きついてくる茶々。

良い匂いがする甘い桃のような匂いが。

伝わる温《ぬく》もり、伝わる心音、お互いにドキドキしているのが伝い伝わってしまっている。

そして、緊張しているのか少し肩に力が入っているようだった。

「桜子には、お情けをあげたのでしょ？　だったら私にも」

って、なんか大きな勘違いをしているみたいで、俺は茶々の肩を両手で摑《つか》み離れた。

「桜子とは、まだ何もないよ」

「え？　でも側室なのでは？」

「えっと、その約束は確かにしたけど、抱いてはいないんだよ。茶々に許しを貰ってからって答えて」

障子から差す月明りに映る茶々の顔は、目を見開き、俺が間違った言動をしているかのごとく真面目な表情でしっかりと目を見ていた。

「真琴様は黒坂家を断絶させるつもりですか？」

「え？　断絶もなにも、知っての通り俺はこの時代の人間ではないから。親から引き継いできた家って訳ではないし」

「いえ、真琴様は最早《もはや》この時代の武将。だったら、家を黒坂家を残すために子作りに励まねばならないのです」

この時代の女性はストレートに凄《すご》いことを口走るな。

桜子もそうだったが、茶々も。

平成なら間違いなく変り者女子だ。

ん？　昭和までなら、子孫を残すことが重要とされていたから常識的なことなのか？

むしろ平成の価値観のほうが、日本の長い歴史から見るとおかしい常識なのか？

そう考えると、一理ある。

俺は茶々と結婚すると決めたとき、平成に帰ることを考えないと決めた。

この時代で生き続けると決めた。

そうなれば、この時代の人間になったわけだ。

家臣を抱え、中納言と言う高い位を持つわけだから、黒坂家を代々残すように考えないとならない。

そう考えると子作りは当たり前なこと。

後継ぎを作らねば黒坂家は消え、多くの家臣は路頭に迷う。

平成で例えるなら、会社のトップがいなくなり、会社が解散してしまうと、従業員が無職になってしまうのと一緒だ。

って、もうこれが踏ん切りをつけるチャンスだな。

「あの、よろしくお願いします」

三指を畳に突き御辞儀《おじぎ》をした。

「ふふふっ、変なお方ですね、真琴様は。こちらこそ、よろしくお願いします」

そう言って茶々も同じように三指を畳に突き御辞儀をした。


この夜、茶々と結ばれた。

「ちょっと、痛い痛い痛いってばーーーー」

ごめんなさい、不器用なもので。

《茶々視点》

「桜子、真琴様の側室になりたいですか？」

私は茶室に、お茶の稽古だと桜子を呼び出し、二人っきりとなった。

女同士大切な話をするために。

「はい、私達は一生御主人様の側で働きとうございます」

「そう言うことを言っているのではありません。真琴様の子を産んでも良いと思っていますか？　と、聞いているのです」

一生側で働きたいと言うのなら、下女として、今まで通りに働けば良い。

この姉妹達は働き者で、真琴様の斬新な料理も学んでいる。

辞めさせて、他に行かせるような選択肢はない。

一人の女として、どうしたいかを私は聞いている。

「はい、出来るなら、御主人様の子を生んで抱きとうございます」

申し訳なさそうに下を見ながら言う。

「なら、決まりです。あなたが側室になることを認めましょう。私だけでは真琴様の子が残せるか、わかりませんから」

「茶々様……ありがとうございます」

桜子達三姉妹、みんな同じ気持ちなのはお江《ごう》から聞いている。

少しずつ、順番に許していきましょう。

もう、真琴様、自分から言いなさいよね。

平成という時代の価値観が、今の私達の価値観とは大きく違うのでしょうけど。

兎《と》に角《かく》、子を残すことを第一と考えて貰わねば。

少々意識を変えて貰わないとなりませんね。

真琴様を私一人の物にしたいですが、一城の主、これからもっと出世されるであろう真琴様、私だけでは多くの子を残せるかは、不安があります。

前田の松のように、次々産める自信もありませんし。

なら、真琴様の側室は私が認めた者にいたしましょう。

そして、私の目が届くようにしておけば……。

桜子達三姉妹、それとお初《はつ》。

もう、お初のいじらしい気持ちくらい真琴様、わかってあげて下さいよね。

お初も自分の気持ちくらい私にくらい打ち明けたって良いでしょうに。

遠慮しているのでしょうね。

母上様に頼んでみましょう。

離ればなれに……いや、他家に嫁いで戦で敵味方になることを考えてしまえば、真琴様の子種を取り合うくらいの争いのほうが幸せでしょう。

お江は自分でなんとかするでしょう。

真琴《まこと》様に一番くっついているし……お江、ちょっと羨ましい。

◇◆◇◆◇

茶々《ちゃちゃ》が俺の側室管理で、江戸時代の大奥のような制度を作ってしまうことに気が付くのは、ずっと後のことになる。


保留にしていた桜子《さくらこ》側室の件は、茶々の許しがあり、桜子は正式に側室となった。

茶々と差別化をしたくはなかったので、花嫁衣装を作って貰い、形だけでもと、婚礼の儀を済ませ、抱きました。

呼び方はこの時代に合わせて『側室』だが、俺としてはなんら正室とは変わらない。

第二夫人と呼びたいくらいだ。

花嫁衣装を注文しようとすると桜子は、

「私にその様なお気遣いはもったいのうございます」

と、強く遠慮していた。

「いや、俺の家族になるんだから、少しくらいの贅沢《ぜいたく》は、結婚の時くらいはしたって良いんじゃないかな？　むしろして欲しいな」

「ありがとうございます。私、本当にここに買われてきて良かった」

桜子は笑顔でボロボロと泣いていた。


ハーレムルート解禁だ！

貴志《たかし》、智也《ともや》、きっとお前達《たち》は俺を羨ましがるだろうな。

この世界に来ることになった修学旅行で、寺に入る前に話していたハーレムルートになっている俺を想像できまい。

などと、考えた。

《桜子視点》
やっと私は御主人様の正式な側室に決まった。
今夜からかな？　と思うと、御主人様は茶々様のように花嫁衣装を用意してくれた。
私の名前に合わせてくれた、桜が咲き誇る柄が入った綺麗《きれい》な花嫁衣装だった。
私にはそんな贅沢は良いのに。
三三九度であまりにも幸せすぎて涙を流してしまうと、

「おぉ、どうした？　桜子？　本当は無理しているのか？」

御主人様は心配してくれた。

「違います。あまりにも幸せすぎて」

そう答えると御主人様は照れていた。

その夜……えっ！　口をこんなに吸うのですか？　え？　えぇぇぇぇぇ。

「御主人様、その、恥ずかしいです」

言葉ではそう言ったが、接吻《せっぷん》はなんだかとても気分の良い物、不思議と何回でもしていたくなった。

「……痛……」

御主人様は痛くないかと聞きながら抱いてくれる。

御主人様を私の体に受け入れるのに、痛いなどと言いたくなく我慢した。

子作りって痛いのですね……。

《お初視点》
義兄上《あにうえ》様、なんだかんだ言って桜子も側室にするんじゃない。
なによ、手を出さないなんて偉そうにしていて。
側室……駄目。

私はなれない。

姉上様が嫁いだ相手、その様な人を。

悶々《もんもん》とした日々に母上様が気が付いていた。

「お初、自分に正直になりなさい。茶々が私から伝えてくれと。同じ人を好きになる、そんな姉妹がいても良いじゃない。常陸《ひたち》様は大変魅力的な人。他に代わりを見つけられるような人ではないのだから、好きなら好きで、みんなで分け合いましょうと」

「そんなことを姉上様が？」

「ええ、自分からは直接は恥ずかしくて言えないみたいでしたけどね。お初、常陸様を好きなら好きとハッキリ言いなさい。もしそうなら、この母が協力してあげます」

「母上様……はい、私は義兄……真琴様が好きです。私もずっと側《そば》にいたい。側にいて蹴って蹴って蹴って蹴って蹴りまくりたい」

恥ずかしさのあまり打ち消すかのように思ってもいないことを加えながら言うと、母上様は大笑いをして、

「あはははは、そんなに蹴ってはいけませんからね。さて、兄上様に頼んでみましょうか。ですが、自分からも好きの意志を見せないと常陸様は側室にはしてくれませんよ。なんだかんだ言って、女性には優しく、真面目なのですから」

「はっ、はい、わかってます」

と、小さく返事をした。

面と向かっては言いにくい。

なら、和歌にして。

「初姉上様、何書いているの？　ん？　恋文？　あ～マコにかぁ～」

「見るな、お江！」

「うわ～、初姉上様が怒った～」

◇◆◇◆◇

三日間、茶々が寝所を一緒にし、一日が桜子が寝所に来る交代制だった。

茶々が決めたそうだ。

そうやって女同士、上手《うま》くやってくれる、本当にありがたい。

茶々が言うには、色恋沙汰問題よりお世継ぎ問題のほうが重要だそうだ。

いろいろ悩んでいるんだろうなぁ～茶々。

俺が戦国大名として成り立つよう、茶々がサポートをしていてくれるのがよくわかる。

そんなハーレムの日々一歩が始まると、俺を冷たい目線で見ている人物がいた。

お初だ。

最近あからさまに避けられている気がする。

蹴り飛ばしてこないだけ良いかとは思うが、毎日のように顔を出していたお初が、西御

殿から現れなくなると寂しいものがあった。

「なぁ、茶々、お初はどうしたんだ？」

「真琴様は相変わらず、鈍感なのですね」

ハーレムラブコメのテンプレ返事が返ってきた。

後ろから手をまわして俺を絞めて遊んでいるお江が、

「マコー、鈍感、鈍感、マコは鈍感お化け」

って、せっかく舐《な》め舐めお化けから進化して、人間になれた俺の呼び名が、鈍感お化けと呼ばれるように退化してしまった。

鈍感……。

ライトノベルや漫画で、主人公が言われるのはよくある話。

青春ラブコメで鈍感や難聴系主人公はよく目にした。

数々のライトノベルを読んできた俺がそう言われる立場になるとは……。

流石《さすが》に『鈍感』と言われれば、気が付いてしまう。

俺に惚《ほ》れていたのか？

いや、だって、茶々と結婚しているのに駄目だろ？

若いお初だ、きっと青春の気の迷い。

今は、そっとしておこう。

何かあれば母親のお市《いち》様だっているのだから。

深く考える必要はないだろう。

この時代の大名の女性は政略結婚という大事な役目がある。

だから、好いた惚れたで結婚は出来ないのだから、俺が口出しをするべきではない。

ただ、唐揚げ好きなお初の為《ため》に、絞めたて毟《むし》りたて捌《さば》きたて揚げたて新鮮自慢の唐揚げは届けてあげよう。

俺の住居の東御殿に入りびたりのお江に、持たせる。

次の日、返ってきた皿には一枚の短冊が載っていた。

『叶《かな》わねど　愛《いと》しき思い　ここに載せ　その先に見る　常陸兄』

……。


「茶々、どうしよう?」

茶々に慌てて相談する。

「真琴様がお決めになることです」

「いやいやいやいや、だってこれ、受け入れたら、嫁の実の妹が俺の側室になっちゃうんだよ?　良いの?」

「真琴様、我々姉妹は幼き頃、一度落城の憂き目にあっております。その時、弟を殺されました。ですので、今こうして姉妹そろって同じ城に住んでいることは大変幸せなのです。お初《はつ》やお江《ごう》が知らない武将に嫁いで、戦乱に巻き込まれたり、敵になるくらいなら、同じ人を主人とし一緒に暮らすことのほうが、どれだけよいでしょうか。もし、戦になっても同じ城で味方として一緒に死ねるなら文句もありません」

　少し涙目になりながら言う茶々。

なぜか、いとおしくなり強く抱き締めた。

「わかった、姉妹離れ離れにならない方法を考えような」

茶々は腕の中でコクンと頷《うなず》いていた。

さてさて、お初をどうにかしなければ。

『受け取りて　君の心の　内を知り　ハラハラドキドキ　心境です』

何とも間抜けた返書を送った。

短歌なんてやったことないもの、仕方ないやん。

サ●ダ記念日を読むほど、短歌への教養なんてないし、古文の和歌の授業眠すぎて苦痛だったんだから。

　俳句のほうが気楽で面白かったな。

俳句万歳、プレ●ト万歳、松尾芭蕉《まつおばしょう》万歳。

次の日になるとなぜか普通にお初は東御殿に顔を出していたが、気恥ずかしくて声はかけられなかった。

なぜ現れるようになったのかには少し疑問があったが、触れると引きこもりになりそうだから触れないでおこう。

《お初視点》

下手な詩。本当、下手な詩。

しかし、そこに書かれていた詩で義兄様は私のことを嫌っていない、一人の女性として見てくれているのに気が付いた。

そっか、厳しく当たっていたのに、私、嫌われていなかったんだ。

桜子《さくらこ》達と仲良くしているのを見ると、どうしてもモヤモヤして当たってしまっていた今までわからなかった気持ち。

私は自分自身で気が付いた。

『やきもち』

真っ黒に焼け焦げてしまうくらいの餅を私は心で焼いていたんだ。

でも、この下手な詩でなんかすっきりした。

義兄……いいえ、真琴《まこと》様は私のことも、ちゃんと女性として意識していてくれている。

なら、恥ずかしいけど頑張らなきゃ。

お江ほど上手くは出来ないだろうけど、私も甘えられるように頑張らなきゃ。

姉上様、桜子、みんなで共有出来るかな？

私達《たち》とは大分変わった思考だし大丈夫かな？

◇◆◇◆◇

1585年安土《あづち》城花見の宴

近江《おうみ》大津城で恋愛事に悩む中、桜の花見の茶会が安土城で行われるという連絡が来たので、久々に安宅船《あたけぶね》に乗って安土城屋敷に戻った。

同行人は、森力丸《もりりきまる》、柳生宗矩《やぎゅうむねのり》、伊達《だて》政道《まさみち》と茶々《ちゃちゃ》とお江。

お市様が城の留守居役となってくれた。

お初はお市様と一緒に過ごしたいと茶々に言っていた。

側室となった桜子が俺の代理と言うのも出来なくはないのだが、本人は今まで通りでいたいらしく、側室として特別な扱いを受けるより、働きたいというので、それを尊重した。

真田《さなだ》幸村《ゆきむら》には農政改革の仕事を与えたので、春となったこの時季は忙しい。

蒲生氏郷《がもううじさと》は城下の町の造営が続いており、ついでに治安維持の奉行も任せた。

安土城屋敷は前田慶次《まえだけいじ》に留守居役としていてもらっていたので、少し不安があった。取っ散らかって酷《ひど》い状況になっているんではないかと。

屋敷に入ると、意外に綺麗《きれい》に整理整頓されていた。

庭木なんかは美的にパワーアップしているくらいだった。綺麗に整えられ雑草などない。

「大津中納言様、お久しぶりです」

前田利家《としいえ》正室の松《まつ》様が出迎えてくれた。

「松様、御無沙汰しております。結構綺麗に維持されてるので安心しました。おっ、千世《ちよ》も元気か？」

「うん、げんき、ひたち様はげんき？」

抱きついてくる千世を抱っこすると、後ろからは、お江が首に手をかけ、まとわりついてきた。

うぅ、もしかしてキャラかぶり自覚しているのか？

千世は千世でプクッと頬を膨らませて、お江とにらめっこの謎の戦いを始めていた。

「松様」

助けて貰《もら》おうとしたが素知らぬ顔で、

「えぇ、慶次の尻を毎日のように叩《たた》いていますから」

と言う松様は、右手で素振りをしている。

慶次、大丈夫なのか？　とは、思ったが流石に冗談らしい。

傾奇者《かぶきもの》で有名な前田慶次だが、意外にも風流人。

汚いのは美学に反するらしく、家臣をこまめに働かせていた。

当の本人は、どこかに出かけているらしいが、仕事をしているなら問題ない。

前田利家は賤ヶ岳《しずがたけ》城城下の整備と領地となった加賀《かが》で忙しい日々らしく、いなかった。

今度また、賤ヶ岳城視察を兼ねて会いに行ってみようかな。

近江大津城の対岸的位置だし、水運の様子もちゃんと見ておかないと。

提案者としての責任もあるし。


安土城内で開かれる桜の花見の茶会には、家臣に公家《くげ》衆、南蛮人や商人も呼ばれている。

茶会と言っても野点《のだて》をしている場所もあるが、酒をふるまっているところもある。

俺はお酒を避け、お茶を飲む。

南蛮寺差し入れのカステラを食べながら。

遠くを見れば、前田慶次が酒の席で猿楽を披露して観客を喜ばせていた。

用事はこっちだったのか。

接待も大切な仕事だから頑張って欲しい。

桜の木の下に敷かれた畳の上で茶々と、お江も座る。

そんな中、人混みをかいくぐり近づいてくる人物がいた。

「おいでしたか、大津中納言様」

「これはこれは、三河守《みかわのかみ》殿」

徳川家康《とくがわいえやす》だった。

俺を怪しんでいる人物は向こうから近づいてくる。

後ろには、屈強そうな髭《ひげ》を蓄えた武将が一人ついている。

以前、屋敷に来たときもこの家臣だったような。

よほど腕が立つのか？

「カステーラ美味ですよね」

「甘いお菓子は好きでして」

「異国の物は確かに美味《おい》しい、大津中納言様が作る料理には負けますが。あのようなお菓子をどこでお知りになられたのですか？」

やはり何かを探りに来たのか？

以前、バームクーヘンを織田信長《おだのぶなが》の征夷大将軍《せいいたいしょうぐん》の祝いの席の引き出物に出したことがある。

そのことを指しているのだろう。

「ははは、私の料理など南蛮物に比べたら到底及びません」

「御謙遜を。この前の天ぷらを三河で作らせているのですが、どうも上手《うま》くいかないので」

鯛《たい》の天ぷらは、やはり、お気に入りになったのか？

食べすぎるなよ。腹、ふくれてきているぞ、冬眠する前の狸《たぬき》のようだ。

「そういえば、遅れましたが御結婚おめでとうございます。上様お気に入りの大津中納言様はどんどん出世されますな、秘訣《ひけつ》を教えていただきたい」

「そんな、秘訣などありませんが」

「またまた御謙遜を。この家康も織田家の臣下となりましたからには、大津中納言様と仲良くしとうございます」

徳川家康は、織田信長が征夷大将軍になったことで同盟者から家臣へと変わった。

変わる前から、ほとんど家臣と同じ扱いではあったが、正式な臣下の礼をしたのだ。

「私などと仲良くしても出世は出来ませんよ。むしろ、御曹司、信忠《のぶただ》様と仲良くしたほうが良いのでは？」

「もちろん、岐阜様とは仲良くさせていただいてますが、家臣の中で出世頭は間違いなくあなただ」

「いやいやいや、戦場に向かうことのない私はもう限界、九州討伐で活躍するであろう、羽柴秀吉《はしばひでよし》殿のほうが間違いなく出世しますよ」

「いや、私の見立てでは大津中納言様がこのまま出世すると思いますが」

「ははは、冗談を」

いつまでも留《とど》まり話を続けようとする徳川家康。

俺がぼろを出してしまうのを待っているのか？　邪推なのかもしれないが、疑ってしまう。

そのうっとうしいと感じているのに気が付いたのか、俺が徳川家康を苦手としているのを知っている茶々は、

「三河守殿、我が主は静かに桜を愛《め》でるのを好みます」

キリッと茶々が言う。格好いい嫁だな、こういう所が惚《ほ》れ惚《ぼ》れする。

「おぉぉお、これは申し訳ありませんでした。今後とも良しなに」

そう言い残して席を立つ徳川家康。

「ありがとう、茶々」

茶々を褒めると、お江が、

「マコー、なんか悪戯《いたずら》してこようか?」

にんまりして駆けて行こうとするお江の着物の裾を摑《つか》んで制止した。

お江、こんな場で何をしようとしたんだ?

ちょっと冷や汗ものだ。

花見の茶会、顔を出すべきではなかったかな。

俺に近づこうとする者が遠くからチラチラ見ている目線を感じる。

俺に取り入ったところで何も良いことはないのに。

未来の知識を誰にも教えるつもりなどない。

しかし、火縄銃の改造に、パネル工法の開発、現在造船中の南蛮船の建造の提案を俺がしたと皆が知っている。

さらに変わった料理を作ることも。

その為《ため》、気に入られ織田信長の姪《めい》で義理の娘となった茶々と結婚し、近江大津に城を貰い、中納言まで上り詰めたことを皆が知っている。となると、俺に近づいて何らかの、おこぼれを得ようとする者は必ず出てくるのは、わかる。仕方のないことだ。

だが、俺は誰かに取り入って、さらに上を目指すことなど考えていない。

謀反など、もちろん全く考えていない。

このまま、織田信長に協力することを決めているのだから。謀反などして戦乱が再び起こるより、織田信長に協力したほうが間違いなく戦国時代は早く終わる。平和な世を早く築きたい。

貿易の有益性を一番理解し、日本国を繁栄に導ける者は織田信長しかいないと思っている。

徳川家康は江戸幕府で安定には成功はしたが、国力を減退させた人物、そのような者に協力はしない。

そう決めている。

そんなことを考えていると綺麗な桜も、素直には楽しめなかった。

《お初《はつ》視点》

「常陸《ひたち》様に付いて行かなくて良いの?」

「はい、母上様、それより今は花嫁としての修業をしとうございます」

「なるほどね、あなた達二人は、常陸様が教えてくれるからと、武術ばかりでしたからね。お茶にお花、お琴にお香、学ぶことは多いですよ」

「はい、よろしくお願いします」

「ふふふふふっ、常陸様が帰ってくるときには、見違えるほど女らしくなると良いですね」

と、母上様は笑っていた。

姉上様はお茶で真琴《まこと》様に気に入られている。

なら、私は何だろう?

◇◆◇◆◇

「ねぇねぇ、マコは桜好きなの? 毎年、良く見てるから」

「そうだな、桜ってやっぱ良いよ。冬から春への変わり目を知らせる花。そんな感じがして」

「へぇ~どんなお花見していたの?」

「そうだな～思い出深いのは日立の駅前……っとっとっと、ゴホンっ。常陸の国の真ん中辺の桜並木で、お祭りがあってな絡繰人形が入った山車が出るお祭りとかあったんだよ。人がいっぱい集まって楽しい祭りなんだぞ～ってあっ、今はまだないのか？　うっ」

お江相手だったので少々油断してしまって、茨城県日立市の桜の季節に合わせて行われるユネスコ無形文化遺産の『日立風流物』の話をしてしまった。

確か、あの日立風流物は、あの水戸黄門で有名な徳川光圀《みつくに》が命じて始まった物だったはず。

当然、今あるものではない。

「ねぇ～マコ～、なんか言えないことあるのは知っているから別に気にしなくて良いよ。私、そんなこと他に話すほど馬鹿じゃないよ。マコの側《そば》にずっといたいもん。マコの秘密の話とか他で話すはずないじゃん」

いつもはヘラヘラしているお江が一瞬だけ、いつもとは違う真面目な表情で言うと、すぐに、いつものにこやかな表情に変わっていた。

「で、マコ～他には他には？」

「あ～そう言えば、磐城《いわき》の国の夜ノ森って所の桜も良かったなぁ、道幅がそんなに広くないところの両脇に桜が植えられていたから、桜の洞窟のようになるんだよ」

福島県双葉郡富岡町にある、夜ノ森の桜を思い出して言う。

３１１の原発事故の後、ずっと入れなくなっていたけど、確か俺がタイムスリップのあと入れるように、計画が決まっていたんだよなぁ。

常磐線《じようばん》も仙台まで再開するはずだったし。

「また夜ノ森の桜見て、ホッキ貝の炊込みご飯食べたいなぁ」

小さく呟《つぶや》くと、

「え？　ホッキ貝の炊込みご飯？」

お江は涎《よだれ》を滲《にじ》ませていた。

「相変わらずだなお江。桜見ながら食べるのが良いんだからな」

「てへへへ」

笑って見せていた。

相変わらず花より団子のお江だった。

◇◆◇◆◇

桜の花見の後、安土《あづち》城屋敷に逗留《とうりゆう》している。

織田信長が用があるらしいが、なかなか時間を作れないらしい。

やはり征夷大将軍となれば忙しいのだろう。

日本国そのものを新しい国として作り上げなければならないのだから。

三日してようやく本丸天主の茶室に呼ばれる。

「常陸、お市《いち》がの、頼み事をしてきたのだ」

お茶を点《た》てながら言う織田信長。

「えっと、近江《おうみ》大津の城では特に何も言ってはいなかったのですが」

同じ城、東と西には分かれてはいるが、ほぼ同居の義母、面と向かって言えない不満があったのか？

「お市には不憫《ふびん》な思いをさせてしまった。だからこそ、できるだけの願いは叶《かな》えてやりたい」

浅井《あざい》長政《ながまさ》に事実上の人質として輿入《こしい》れさせておきながら、最後はその夫である浅井長政を殺したことを指しているのだろう。

「えっと、俺に言うってことは関係あることですよね？」

馬鹿かって言われないように返答した。

「お初も貰《もら》ってくれるか？」

「はい？」

「馬鹿か？　同じことを何度も言わすな。お初を側室にしてはくれぬか？」

「お市様の頼みと言うのが、俺とお初の縁組ですか？　良いんですか？　姉妹で俺に嫁いで？　その、この時代の習慣とかわからなくて」

「習慣風習、そんなものに囚《とら》われない儂《わし》を知っているのではないか？　常陸は」

そうだ、古いしきたりとかに囚われないのが織田信長だ。

「その、お初は嫌いではないですよ。可愛《かわい》いし。暴力的だけど実は優しくそして、活発な子で。ただ、ちょっと蹴りが痛いけど」

「お初に蹴られるようなことをしているのか？」

「してないんですけどね、良く蹴られます」

もう、お初の蹴りはあいさつ代わりなんでは？って、くらいに蹴ってくる。

「ぬはははははっ、それは照れ隠しだな。まぁ良い。常陸が嫌いではないなら問題ないであろう、茶々《ちゃちゃ》は儂の養女として嫁いだ。お初は浅井の娘として嫁がせる、良いな」

「良いも悪いも信長《のぶなが》様が決めたなら、もう決定事項なんでしょ？」

俺は家臣ではない、今でも客分だ、だが、織田《おだ》信長は義父だ。

もうなんだか、ややこしいな。

お初の気持ちも知っている。

嫌いではない、茶々とは違ってボイッシュな活発タイプで、それはそれで魅力的。

ツンデレのデレがないツンツン娘だが、それも実は好きだ。

デレを補って余り有るお江も良いが。

「あぁ、決めていることだ」

と言って、お茶が目の前に出された。

それを一口飲む。

ん？　あれ？　え？

「不味《まず》いか……」

俺のいつもと違う表情を察したのだろう。

「はい、信長様、疲れてないですか？」

「茶、一杯でわかるとはの、常陸、お主はやはり朴念仁ではないのぉ。見込んだだけのことはある」

そう言いながら、飲み干した茶碗《ちゃわん》に湯を注いで、綺麗《きれい》にしていた。

「征夷大将軍《せいいたいしょうぐん》が重いですか？」

「征夷大将軍などとは肩書でしかない。しかし、新しい国を作るとなると、今まで壊してきたものよりも、はるかに考えなければならないことが多い」

「そうですか、信長様は何でも自分で決めることをよしとしているからこそ、仕事が多くなるのでは？　大まかな目標を掲げ信忠《のぶただ》様や秀吉《ひでよし》殿や家康《いえやす》殿に仕事をさせてはいかがですか？」

「考えよう、その中に常陸、お主も数に入れるがな」

「はい、覚悟はしてますよ。茶々と結婚した時から」

「そうか、なら先《ま》ず悩みの一つを引き受けてくれるな」

お初のことだ。受け入れよう、嫌いではない美少女義理妹が側室、しかも、茶々の許しも出ている。

お初本人もそれを望んでいる。

だったら俺が倫理観などから悩むことではない。

「はい、お引き受けいたします」

俺は頭を下げた。

その晩、俺は近江大津城に一通の短歌を書いた。


『ツンデレの　美少女妹　もらい受け　蹴ることやめて　結構痛いから』


また、わけのわからない痛い短歌を書いた短冊を近江大津城との連絡役差配を任せている前田《まえだ》慶次《けいじ》に渡すと、すごい冷ややかな目線を短冊に落とし、ため息を出されてしまった。

「はぁ〜あ〜、御大将、これ送って良いんですか？」

「うん、下手なのはわかっているけど、そのままの心を心境を送りたいから」

「ですが、これはあまりにもひどい。なにより、この『ツンデレ』と言う言葉は理解できない言葉。なので、せめてこれは変えたほうが良いでしょう」

ツンデレに変わる言葉ってなに？　語彙力がアニメから進化していないから厳しいんだよ。

ツンデレ、ツンデレ、ツンデレ、……。ツンデレイッヒー……。

頭の中で謎の歌を歌いながら考えると、お初は猫だな、お初は猫っぽい。

甘えたいけど甘えない、遊んで貰いたいけど、自分から誘わない、付かず離れず。

お江は犬だな、構って欲しくて仕方がない、やんちゃな犬。
そう考えながら浮かぶ歌。

『猫娘　美少女妹　もらい受け　蹴ることやめて　結構痛いから』

……。

何世代にも続くアニメのヒロインが登場してしまった気がする。
「猫の子でも、もらい受けるのですか？　美少女妹が貰った雌猫を蹴っているのをやめさせる和歌ですか？　お初様に出す和歌にございましょう？　はい、もう一回」
慶次、なんか美的なことすべてに厳しいみたい流石《さすが》、第一印象ミッチー。
庭の散る夜桜を眺めながらしばし考えた。

『勝気姫　あなたの心　もらい受け　決める常陸《ひたち》を　蹴るべからず』

「まぁ、良いでしょう。しかし、下手ですね、御大将」
なんとも残念な者を見るかのような慶次の視線が痛かった。

《茶々視点》

真琴様の前では素直になれないお初《はつ》。

母上様にすべてを任せて義父《とう》様から言って貰う。

なかなか、ずるい手ですが、意外にも女性には真面目な真琴《まこと》様だから仕方がないでしょう。

あんな女ばかりの絵は描いているのに。

趣味と現実の行動は別のようですね。

それは良いこと。

私の目の届かないところで女遊びするくらいなら、部屋に閉じこもって絵を描いていたほうがどれだけ良いか。

そして、お初。

一緒に暮らしていけるのですね。

お江《ごう》は心配ないでしょう。

あの子は自ら側室になる、と言いそうですし。

桜子《さくらこ》達《たち》の妹も裏表のない良い娘達。

真琴様の身の回りの世話を懸命にするのですから、側室になっても良いでしょう。

真琴様の子を増やし、黒坂《くろさか》家を盛り立てていかねば。

それが私の役目であり、覚悟でもある。

焼き餅などとは言っていられない。

真琴様は他に親族がいらっしゃらないのだから。

◇◆◇◆◇

しばらく安土に逗留を決めると、織田信長を悩ませていることの一つが、暦であることを森蘭丸《もりらんまる》から耳にした。

織田信長を悩ませる暦はカレンダーのことだ。

残念ながら怪異事件に奔走する暦ではない。俺はそっちのほうが専門分野だが。

戦国時代、地方によって様々な暦を用いている。

平成から言えば、少々不思議なことだが、この時代、日本国内でも地方によっては、日付が違うなどと言うことがある。

その暦を統一しようとしている織田信長に対して、朝廷の猛反発にあっていた。

力でねじ伏せるのは容易《たやす》いが、力でねじ伏せて取り入れた暦を受け入れられるのか？

新しい国造りがすべて力で押し通すなら、長期的安定的政権を作れないことは、歴史を見ればすぐわかる。

平　将門《たいらのまさかど》や平清盛《きよもり》など。

その為《ため》、新しい国造りには力でねじ伏せるのを極力避けているように見える織田信長。

俺はそれを聞いて、自室でまだ奇跡的に動いている耐久性だけが自慢のスマホの日付を見ていた。

『1585年4月11日21時03分
天正13年3月12日・友引・木曜日』

なぜに安土《あづち》桃山時代のカレンダーまで表示するのかわからないアプリを見ながら。

このことはいくら考えても結論は出ないだろうからあきらめている。

こう言うアプリなのだろうと。

だが、それは好都合。便利だ。

カレンダーかぁ、西洋暦と和暦の両方使うんだよなぁ、日本って。

意外にも平成でも和暦は旧暦として残って、二十四節気とか使ってるし、六曜だって宗教も信じてないのに、大安だ！　仏滅だ！　なんて気にしてるし、日本の文化って本当に面白い進化するんだよなぁ、と、考えていた。

西洋暦と和暦を両方活用する国。

元号ですら廃れずに続くのだから、面白みがあってよい気がする。

元号、平成の次が何に決まったか知りたいところだが。

世界的にも共通の暦としてはグレゴリオ暦が採用されているが、宗教文化が根強い国々では独自のカレンダーを使用していたりもする。

お隣の中華人民共和国などは、お正月が日本で言う節分の季節だったりする。

日本は両方を上手《うま》く使っている。

流石、国家として存続している一番古い国なだけはあるのか？　寛容さが大きい国。

って言うか、太陰暦はずれが大きすぎるのだから、太陽暦、グレゴリオ暦で統一してしまえば良いのに。

よし、これを提案するか。

登城の約束をしてから、二日で呼ばれる。

安土城天主最上階。

「暦のことに提案があると聞いたが？」

「はい、信長様は朝廷が定める京暦を尾張《おわり》で使っていた三嶋暦に変えようとしていますが、そんな物、未来の俺に言わせれば五十歩百歩、どちらも月を主体とした暦で、大きな違いはありません」

「常陸、未来の暦はどうしているのだ？」

「はい、一年を地球が太陽の周りを一周する約365・25日としているグレゴリオ暦と言う南蛮暦を採用しています。これを使うと夏至冬至、春分秋分の誤差は大きくなく、毎年ほぼ一緒。農耕を生業とする現在においては、大変便利な物でございます」

「で、あるか」

少し不機嫌そうに言った。

俺が三嶋暦を否定したのが気に障ったのだろう。

「で、俺のいた日本では旧暦と言って、和暦は残っていて、占いや、祭事、伝統行事を執り行うのに使われています。また、太陰暦は、潮の満ちかけがわかりやすいと、海の民は使っております。両方良いとこ取りですね。で、信長《のぶなが》様も安土幕府統一暦を太陽暦と定め、祭事行事用は朝廷が発行する暦を採用すれば良いのです。正確な暦と日本の伝統を両方使う、良くないですか？」

「暦の二分化だな、となれば、朝廷の権威として残されている暦を定める力も二分化できるな」

えっと、そこまでは考えていなかった。

だいたい日本が、グレゴリオ暦を採用したときって明治時代だけど、王政復古を宣言しておきながらなぜに、暦を改めたんだっけ？

あれ？　江戸時代にすでに幕府が暦を決めていたのではなかったかな？　確か安井算哲っていう人が主役の映画見た気がするが、ちゃんと本を読んでおくべきだったな。

度々改暦していたような？

「だが、その基準となるグレゴリオ暦とやらがわからぬが」

「えっと、ほら覚えてます？　信長様が使えぬものなどゴミだと言ったこれ？」

と、言ってスマホを取り出す。

「暦は俺のほうで作れますよ。これが基準になるから」

「その板でわかるのか？」

「はい、今は『１５８５年４月13日15時28分、天正13年３月14日・仏滅・土曜日』にございます」

「常陸、新たな役職を申し渡す、幕府陰陽奉行とする」

「いやいやいや、陰陽力ですらお遊びってあの時、否定したじゃないですか？」

「陰陽とはもともと暦をつかさどる者、星を観測し暦を作る者ぞ、常陸の言う陰陽力とは別物」

「それって、決定事項なんですよね？」

「わかっているなら聞く必要がないではないか？」

「なら、暦奉行に改めて下さい。俺は寒い中、星をずっと観測する仕事はしたくないので」

「常陸が観測する必要はないではないか？　その板を見ればよいのだから、だが、仕方あるまい安土暦奉行といたす。っとに、その寒がりをどうにかせい」

そう言って織田《おだ》信長は出ていった。

『１５８５年５月１日
天正13年４月２日・大安・水曜日』
織田信長は、幕府が制定する幕府制定暦『太陽基準暦』を発令した。

先《ま》ずは、全国での暦の統一を図るための制定として基準暦として発令。

朝廷が元々出していた暦は祭事暦として陰陽座が決める暦を発行することを認め、生活の基準とする暦は幕府制定暦『太陽基準暦』を使うように命じる。

数年は混乱があったが、農耕を基本とする日本国に於いて、ほぼ正確な幕府制定暦『太陽基準暦』は農民を中心に受け入れられるようになった。

後の世に『黒坂常陸暦』として残ることは知るはずもなかった。

《織田信長視点》

くっ、常陸に三嶋暦も京暦も五十歩百歩と馬鹿にされてしまったわい。

ん？　未来人は天空の知識もあるのか？……。改めて常陸を呼び出した。

「常陸は天空のことにも知識はあるのか？」

「えっと、学校で習うくらいの一般的な知識くらいなら」

「未来人は皆、習うのか？」

「そうですね、必修科目だったはずだから習いますよ。ちょうど俺の時代は、はやぶさブームもあったし」

「隼《はやぶさ》？　ん？……そうか……。なぁ、天正五年に突如として輝く天体が現れたのだが、そう言う物は何なのだ？　吉凶を示すなどと言われているが」

「あぁ、天正の大彗星《だいすいせい》ですね。なんかの書物で読んだことがありますけど、あっ、ちょっと待っていて下さいね。今、図にして描きますから」

と、常陸は紙に描き始めた。

「この赤い中心が太陽です。その太陽の外側を水星・金星・地球・火星・木星・土星・天王星・海王星などが決まった円の軌道で周回しているのですが、楕円《だえん》軌道で回っている、小さな天体が複数あります。それが、彗星と言う星になります。だから、長い周期で地球に近づいてくるので、人生においてそう何度も見られないので、珍しい天体に思えてしまうんですよ。天正五年の大彗星の名まではわかりませんが１６００年代初頭に確かハレー彗星が現れるので、信長様も長生きすれば拝めますよ」

「うむ、未来人は帚星《ほうきぼし》を不吉な物と恐れたりはしないのだな？」

「あ～むしろ、めったに見られない天体ショーとして喜んで星空を見ているくらいですから」

「そう聞くと、恐れていた儂《わし》達のような者が馬鹿に見えるの」

「え？　信長様も彗星を恐れたのですか？」

「うっ、まあだな、うん……未知の物は誰だって恐ろしいであろう」

「そうですね。未来では彗星は軌道計算とか、遠くまで見られる望遠鏡で観測出来るので、恐れられることはなくなるのですが、もし、巨大な彗星が地球の周回軌道と重なったらってのは、未来人でも恐れているんですよ。すべての彗星の軌道を確認したわけではないので」

「ほう、その彗星が地球とぶつかったらどうなるのだ？」

「大きさや、何で出来ている彗星か？　で、ずいぶんと結果は違うらしいですが、単純に言うと、全生物が滅びます」

「なんだと！」

「太古の昔、地球の支配者は恐竜と呼ぶ巨大なカナチョロのような爬虫《はちゆうるい》類でした。ですが、隕石《いんせき》の衝突により捲《ま》き上げられた塵《ちり》で気候は一変して、氷に閉ざされた星になったそうです。それで大半の生物が滅びたなどと言われています」

「うっ、なんだか興味の湧く話だの。もっと聞いていたいが、時間が足らん。今日はこの辺にしておこう。そうか、帚星は恐れる必要はないのか……」

常陸《ひたち》の話、未来人の話は面白い。

知らぬことが多くて勉強になる。

いずれゆっくり聞きたいものじゃ。

常陸を雇った価値、計り知れぬの。

やつの知識は二十万石どころではない。

百万石、国、二つ三つ与えても良いだろう。

本人は自覚がないようだがな。

◇
◆
◇
◆
◇

安土暦奉行と言う役職に就いた俺は、安土城内にある政務を執り行っている三ノ丸政調方に出入りも許されるようになった。

元々、俺は領内自由の天下御免の約束があるから、入ろうと思えば入れるのだが、用もないのに入ったりはしなかった。

知らないおっさん達《たち》が、せっせと働いているのを見ても、面白みはない。

それどころか、俺に隙有らば近づこうとする者が多く気分が良いものではない。

しかし、中納言と言う官位と常陸守《ひたちのかみ》と言う官職、織田家一門衆にさらに幕府での役職として安土暦奉行とまでなれば、俺には気軽に話しかけられない存在となったようで、話しかけてくる者は極々わずかになった。

三ノ丸政調方を兎《と》に角《かく》、ブラブラする。

目的が有ってないようなもの。

現状を見て聞いて、なにか織田信長の幕府の役に立つことがないかを見ていた。

俺の後ろに織田信長側近、黄母衣《きぼろ》衆筆頭の森坊丸《もりぼうまる》が案内役、俺の家臣の森力丸《りきまる》、柳生宗矩《やぎゅうむねのり》、伊達政道《だてまさみち》に、さらにその下の家臣が十人ほどの警護が連なる。

まるで大学病院の教授の総回診行列、黒坂《くろさか》教授の総回診だ。

政調方では、そのようなことに気にせず真面目に働く者ばかりであった。

聞こえてくる声に耳を傾ける。

「金は佐渡《さど》、銀は石見《いわみ》を領地にしたのだから大量にあるだろ」

「南蛮から灰吹法も学んだのだから、金銀の心配はない。ないが、銭その物が足りないぞ」

「銭が足りないぞ」

と、聞こえてきた。

現在、一般流通貨幣は銅銭で基本的には中国から輸入された銭の宋銭《そうせん》や明銭《みんせん》が流通している。

そこに、独立国家だった各地の戦国大名が私銭を発行していた。

通貨偽造と言えば通貨偽造だが。

朝廷というお飾りに近い中央政権がそれを取り締まることは出来ず、私銭は発行が続きその大名の支配圏で流通貨幣として使われる。

戦国時代の日本は、県ほどの大きさの国が乱立していたと言えばわかりやすいのかもしれない。

それを武力で統一したのが、今の時間線なら織田信長なのだ。

私銭の中でも武田《たけだ》信玄《しんげん》で有名な甲州金もある。

金貨なら金その物に価値がある。

甲州金は米があまり取れない甲斐《かい》の武田家を支えたという。

人気の貨幣だったと聞いたことがある。

織田信長は楽市楽座に合わせて、撰銭礼《えりぜに》を出して粗悪な銅銭も貨幣価値を認めている。

粗悪な銅銭は何枚かで、一文銭と同等の価値とする。

それがセットで流通経済が繁栄するのが、織田信長の政策。

しかし、今は数々の城の普請により人足に払う給金に多量の銅銭が必要となっている。

「無いものは作れば良いのでは？」

と、ひと言言うと、

「常陸様、御発言は上様の前だけで」

少し慌てた森坊丸に止められた。

織田信長に考えたこと、ひらめいたこと、未来の知識からの経験を提案するのが仕事であり、さらに不用意に発言すれば誰かが得をする可能性がある。

森坊丸はすぐに、織田信長と会う時間を作った。

「信長様、貨幣、銭が足りないならって言うか、いつまでも明などの他国の銭を使っていないで、日本国独自の貨幣を流通させるべきです。幕府が発行する幕府が支配する、統一貨幣です」

「未来ではどうなっている？」

「はい、日本国の貨幣は『円』と定め一万円、五千円、二千円、千円が紙で出来ております。五百円、百円、十円、五円、一円が金属で出来た貨幣です」

「紙幣か紙幣は無理だな」

「はい、俺もそう思いますし、大量に鋳造するなら、多くの種類は作るべきではないでしょう。そこで金銭、銀銭、銅銭の鋳造を開始します。10進法が一番わかりやすいと思うので、銅銭十枚で銀銭一枚、銀銭十枚で金銭一枚と致すのが宜《よろ》しいかと、さらに大名や商人の大きな買い物用に大金銭を作ればと。幕府が貨幣の発行を一手に行い、他を禁止すれば幕府の力は磐石《ばんじゃく》なものとなるはずです」

「あいわかった、やらせてみようではないか、兎に角、幕府が貨幣の発行を一手に支配することこそ、重要。あとのことは餅は餅屋、商人どもの声を聞いて鋳造を開始する。通貨名は『天正和円』とする、天下をあるべき姿に正し和国の流通を円滑にする」

「なかなか良いかと思います」

その後、幕府は銭の鋳造を正式に始め、貨幣の統一を段階的に進めた。

今井宗久《いまいそうきゅう》・津田宗及《つだそうきゅう》・千宗易《せんそうえき》のいつものメンバーに茶屋四郎次郎《ちゃやしろうじろう》なる者など他数名が幕府造幣方に任命された。

って、奉行はまた俺？　なんか、嫌な汗が流れる。

幕府造幣方奉行・安土《あづち》暦奉行……。

肩書きが長いのは憧れだが。

そんな俺の肩書きをつけた名前は、

【従三位中納言幕府造幣方奉行兼安土暦奉行平朝臣《たいらのあそん》黒坂常陸守真琴《まこと》】


正式な書類に名前を書かないとならないときには、やたらと長くなってしまった。

覚えるの大変だな。

《織田《おだ》信長《のぶなが》視点》

「未来の貨幣はないのか？」

未来の貨幣を参考にしようと常陸に聞くと、細長い黒い革の入れ物を出した。

「んと、修学旅行のお小遣いでいっぱい持ってきたから入ってますよ。一万円札に五千円札に千円札、あと、これが五百円に百円で、五十円、十円、五円、一円と……」

と、出された金を見ると、紙幣は見たこともない触ったこともない手触りで、何より強い。

絵柄は繊細で、肖像画、光に照らすと透けてまた肖像画が見えた。

「素晴らしいの、未来の技術は。これほどの紙なら確かに流通貨幣として使える。材料は何なのだ？」

紙となる原料の植物を聞こうとすると、

「それ、紙であって紙でないんですよ。強くするために化学繊維と言って、石油、ん～と……臭水？　なんて言えば良いんだろうなぁ、地下奥深くにある油から作る繊維を混ぜているんですよ。だから、水や、折り目にも強いんです」

「そうか、今の時代にある物では作れないというわけか？」

「はい、残念ながら」

未来は本当にどのような世界なのだろうか？　不思議だ。

「この金属も細工が細かいの、ん？　これはどこかで見たことのある建物じゃ」

「あっ、それは宇治にある平等院鳳凰堂《ほうおうどう》ですね。未来にも残るんですよ。何度か修繕しながら」

「そうか、今ある建物でも残る物はあるのだな。しかし、このように細かな細工真似《まね》できぬな」

「鋳造ではそう細かな細工は無理だと思います」

「うむ、今は兎に角、数が必要。見た目は二の次。参考にはならぬが良い物を見せて貰《もら》った」

一通り見たので常陸に返そうとすると、

「良かったら差し上げますよ。どうせ使えないし、信長様からはいっぱいお金いただいてますから」

「ならば、一つずついただこう」

と、もらい受けた。

そのうち、表装して茶室にでも飾ろう。

面白き物が飾れるかもしれぬな。

しかし、この福沢諭吉《ふくざわゆきち》？　樋口一葉《ひぐちいちよう》？　野口英世《のぐちひでよ》？　未来の支配者か？　そのうち常陸に聞かねばな。

◇　◆　◇　◆　◇

大友宗麟《おおともそうりん》と立花宗茂《たちばなむねしげ》が薩摩《さつま》の島津《しまづ》と戦っていたが状勢は逼迫《ひっぱく》、九州全域が島津によって統一されそうになっていた。

そんな中、長門《ながと》に築城して九州攻めの準備をしている羽柴秀吉《はしばひでよし》が家臣、黒田官兵衛《くろだかんべえ》が安土城に織田信長に援軍を願う使者として来た。

本格的に九州攻めの開始のために。

それを森蘭丸《らんまる》から耳にした俺は、約束もせず押し掛け登城をして織田信長を止めた。

「無礼を承知で申します」

「常陸、お主は今まで毎回、会う約束をしてから来ていたが元来、常陸を雇うにあたって無礼を許す約束をしていたではないか、そして今は幕府の役人ぞ、登城は無礼ではない、で、慌ててなんなんだ？」

「はい、九州に行ってはなりません。と、言うか羽柴秀吉・黒田官兵衛との合流はよくありません。失敗に終わった明智《あけち》光秀《みつひで》の謀叛《むほん》、繫《つな》がりがないとは確信が持てない以上、信長様は安土や京に留《とど》まるべきです」

「常陸《ひたち》は疑っておるのだな？」

「はい、俺は本能寺の襲撃を明智光秀単独犯だとは思っていません。必ず黒幕、いや協力者はいるはず。朝廷、足利義昭《あしかがよしあき》、毛利輝元《もうりてるもと》、羽柴秀吉、黒田官兵衛、徳川家康《とくがわいえやす》などなどを勝手ですが疑っております。明智光秀と何かしらの取り交わしがあったのではと。足利義昭、毛利輝元は討ち滅ぼし、朝廷は今や京に閉じ込めた状態、なら残すは羽柴秀吉、黒田官兵衛、徳川家康」

足利義昭、毛利輝元は討ち滅ぼし京の都には西に嵐山城、東に銀閣寺城、そして京その物を土塁で囲み大通りには十二門の整備をして朝廷を閉じ込めた。

残る怪しい人物は三人。

「だから、その懐に飛び込むなと言うのか？」

「はい、総大将は信忠《のぶただ》様に任せるべきです。信長様と信忠様は少し離れたほうが良いのです。二人が近くにいては共倒れになるから本能寺の変は成功したのであって、あの時、信忠様が中国攻めの総大将か、岐阜城にいたならば、信長様が討たれるだけで織田宗家の家督を継いでいる信忠様が生きていれば、羽柴秀吉が好きなようには出来なかったはずなのです」

興奮ぎみに言う俺に、少し気圧《けお》されたのか短い返事をする織田信長。

「で、あるか」

「信長様は安土で政治に力を入れて、軍勢を率いるのは信忠様に任せてはいかがですか？」

「儂《わし》も、あの切れ者の光秀がいくら妖怪に取り憑《と》かれていたとしても、単独であのような謀叛を企てたとは思えぬが、秀吉と官兵衛か、なくはないな」

「信忠様だけが九州攻めの羽柴軍と合流しても謀叛はまず起きません。両人を討たなければ無意味だからです」

織田家を倒して天下を取りたいなら両人を一遍に抹殺しないと成功とは言えない。

織田家に忠誠を誓っている家臣が東西南北に分かれているからだ。

「あい、わかった。九州攻めの総大将は信忠とする。柴田勝家《しばたかついえ》、前田利家《まえだとしいえ》、佐々成政《さっさなりまさ》、徳川家康を軍勢に加わらせる」

「お待ち下さい、二名は近江《おうみ》近くに残しておいて下さい。近江琵琶湖《びわこ》六城は信長様の逃げ場、城を空にはしたくはなく、と、徳川家康も動かさないほうが良いでしょう。北条《ほうじょう》に対するには滝川一益《たきがわかずます》だけでは心許《こころもと》ない」

「常陸、少し疑い過ぎるぞ」

「すみません、しかし……」

言葉に出せず織田信長の目をじっと見る俺の額には汗が吹き出している。

汗が目に入って痛いのだが瞬《まばた》きをせずじっと見る。

俺だって真剣なんだ。

「わかった。利家は賤ヶ岳《しずがたけ》城に徳川家康も残そう」

「はい、賢明なご判断かと、それと姫路城城代の前田利長《としなが》には姫路の守りを堅牢《けんろう》にするよう命じて下さい」

「万が一に備えてか？」

「はい、万が一に御座います」

姫路城は羽柴秀吉が反旗をひるがえしたときに最初の防衛線になるべき城。

織田信忠を討って島津と手を結び攻め込んでくる可能性だって完全に否定できない。

それをさせないためには、しっかりとした駒を置いておく。

牽制《けんせい》しておく。

そうすれば、謀反は起きにくい。

謀反が起きたとしても姫路で何日か軍勢を押さえれば、こちらはこちらで戦の支度が出来る。

逃げる時間稼ぎだって出来るのだから、念には念をと考えた。

1585年7月
織田信忠は九州攻めの総大将として大軍を下関城に進めた。

九州攻めの開戦。

◇　◆　◇　◆　◇

桜咲き誇る春に安土城に登城して、気が付けば赤蜻蛉《あかとんぼ》が飛び交う季節になっていた。

政務をそれとなく手伝っていて、時が経《た》つのが早かった。

織田信長を悩ました懸案事項の『暦』『銭』『九州討伐』に、一定の助力的提案をすると、織田信長が点《た》てる茶の味がもとに戻った。

「くはぁ～美味《うま》い。信長様のお茶って胃にしみながらも心にも染み込む、不思議ですね」

「ははははは、そうか、美味いか」

素直に「美味い」と、言葉に出してお茶を飲む者は俺以外いないらしく、俺が喜んで飲むと、いつも恐《こわ》い顔をしている織田信長も顔はゆるんだ。

「はい、美味《おい》しい、茶々《ちゃちゃ》も必死に今の俺の顔をさせようと奮闘努力してますが、不味《まず》くはないんですが、今一つ物足りなくて」

「そう言ってやるな、年齢と言う味が深さを出しているのかもしれないな」

「だと、思います。なにはともあれ信長様が御元気になられたようなので、俺はそろそろ近江大津城に帰りますね」

「言わなんだが、お初《はつ》が早く帰せと催促してきていたぞ」

「……マジっすか？」

お初、怒ってるのが予想できて青ざめる。

飛び蹴りでもされるのではと。

「安心せい、お初には儂が助力を頼んでいるのだから許せ、戦場に出させないだけ良しと思え、と手紙を出してある。お市《いち》が言い含めているだろう」

「なんか、すみません」

そう言って俺は、次の日には安宅船《あたけぶね》で近江大津城に帰城した。

……！

ドーン！

「痛い」

安宅船から降り立つと、船が接岸するのを待っていたお初が、予想通り飛び蹴りをしてきて、俺が倒れこむと、倒れた俺に覆い被《かぶ》さるように抱き締めてきた。

「いつまでも帰ってこないから心配していたんだからね、あんな下手な歌一枚送ってきたきりで音沙汰なしで」

「ごめんなさい」

俺は頭をかきながら謝る。

「お初姉上様が安土《あづち》に付いて来なかったのが悪いんですよねぇ～」

お江《ごう》が茶々に言うと、茶々は扇子で顔を隠しながら、

「ね～」

と、同意の返事をしていた。

きっと、その扇子の先には笑ってる顔なのだろう。

「だって、だって」

ショボくれ顔のお初の頭に右手を乗せ撫《な》でる。

「まぁ、そのなんだ、一応って言うのか、お初、側室にしたいが良いのか？」

照れながら言うと、お初は強く抱き締め、胸元に顔を埋《うず》め数十秒黙りこむ。

「お初？」

顔を覗《のぞ》かせ、にんまりとした。

「あんたの側室になってやるんだからね、感謝しなさい」

ツンデレなのか、なんだかわからない返事が返ってきた。

こうして、お初は、側室になるのが決まった。

正室、茶々、側室には桜子《さくらこ》、そして、お初が加わった。

勿論《もちろん》、お初とも祝言をした。

お市様が準備万端整えていてくれて、お初は、浅井《あざい》家の家紋『井桁《いげた》紋』が入った花嫁衣装で三三九度をした。

花嫁道具も『井桁紋』の蒔絵《まきえ》が入っていた。

もし、お初と男子が出来たら『浅井』の名を名乗らせたいと、お市様は密《ひそ》かに頼んできた。

織田信長《おだのぶなが》がお初を『浅井の娘として嫁がせる』と言ったのは、お市様への最大限の配慮なのだろう。そして、信長は浅井を許したと言うことなのだろう。

断る理由もないので、了承した。

祝言をしたが、お初はまだ若い十五歳、寝所を共にするのはもう少しあと、それは俺の価値観で倫理観でしかないが、すでに約三年、俺といる時間が長いからか理解してくれた。

寝所を共にすれば子が出来る。

そうなれば出産。若すぎる母体には負担が大きいと聞く。

安全第一。最低限の十六歳以上の壁だけは守る。

《お初視点》

やっと帰ってきた。

どう話せば良いかわからない。

もう、こうなったらいつものように跳び蹴りで。

私の精一杯の愛が詰まった跳び蹴りをしっかり味わいなさいよね。

ほんと、良かった。

本当に心配した。

九州攻めにでも連れて行かれるんじゃないかって。

その時はいつかは来るだろうけど、私の気持ちを届けられないまま戦場に出てしまうようなことがあって、もしもがあったら……。

でも、こうやって帰ってきてくれた。

そして、側室に。

母上様が準備万端整えてくれていたおかげで、すぐに祝言となって盃《さかずき》を交わした。

これから私はなんと呼べば良いのかしら？

「義兄上《あにうえ》様？」

「ん？」

なんか今まで通りで……。

「真琴《まこと》様？」

「ん？」

なんか、姉上様みたいで違うような……。

「マコー？　常陸様？」

「お初、さっきからどうしたの？」

「あっ、ごめんなさい。これからどう呼べば良いのかな？って」

「好きなように呼びなよ。俺こだわりはないし。お初のキャラクター的に『真琴』で呼び捨てツンデレキャラだと萌《も》えかな？」

「何なんですか？　その、きゃらくたぁ、つんでれって。でも、『真琴』とは流石《さすが》に言えないので、私も姉上様のように『真琴様』と、呼ぶようにいたします」

「はははははっ、好きにして良いよ」

と、笑う真琴様。

こっちは気恥ずかしいのに。

つねってやると、

「もう、本当になんか猫っぽいよね、お初は」

「にゃんにゃん姉上様、にゃんにゃん姉上様」

それを密かに聞いていたお江が喜んでいた。

「もう、変なこと言わないでよね」

お江を叱る。

しかし、本当、変な人好きになっちゃったな、私。

《お市視点》

ふふふふっ、離れている間、お初は花嫁修業に必死だった。

常陸《ひたち》様と離ればなれの寂しさを紛らわせるように。

「っとに、手紙の一枚もよこさないんだから」

毎日のように手紙が来ないと怒っている。

「兄上様から、常陸はしばらく幕府の仕事で忙しいが、戦には出さぬから安心せい。と、手紙が来ているわよ」

「え？　本当？　母上様」

「嘘《うそ》をついてなんになります？　常陸様に早く帰ってきて欲しいなら本人に言うより兄上様に催促の手紙を書くと良いでしょう」

「はい、わかりました。母上様」

お初、真琴様の前でないと正直なのね。

ふふふふふっ、可愛《かわい》らしいわ。

帰ってきたらすぐに輿《こし》入れ出来るように手配してあげると、とんとん拍子でお初は常陸様の側室になった。

さて、私は私をどうやって貰《もら》って貰うか考えなくては。

ふふふふふっ。

私も好きよ、常陸様。

◇◆◇◆◇

俺は近江《おうみ》大津城の主だが、領地として近江を賜っているわけではない。

二十万石と言う俺の給金は、お金で年払いで支払われている。

莫大《ばくだい》な金額らしく、銅銭の山。

これは『天正和円』貨幣鋳造で変わるのだが、今はまだ銅銭が入った瓶壺《かめつぼ》が蔵にぎっしり。

それはそれとして、近江全体は、織田信長の直轄領であり近江大津城・長浜城・大溝城・賤ヶ岳《しずがたけ》城・牧野城は、城主は任命されてはいるが領地は他に持っている。

そんな近江大津城を中心にした近隣の土地は統治は俺にゆだねられており、近江大津城の周囲には田畑もあり農民もいる。

その農民達《たち》に新しい作物生産を頼んだ。

トウモロコシ。

俺は織田信長に助言をすることが仕事なため、近江大津城にずっといないことは想定済みなので農政奉行に真田幸村《さなだゆきむら》を任命している。

家臣には農業経験者が二人いる、真田幸村と柳生宗矩《やぎゆうむねのり》。

二人は平成時間線では有名な武将であるが、大大名出身なわけではなく、田舎の一部地域を支配している豪族の家の出身、忙しい季節には田畑に入っていたとのこと。

もっとも、兵農分離がされたのは近年で織田信長の功績。

それまでは武士だって農業を普通にしていた。

現在、柳生宗矩は俺の秘書、右筆《ゆうひつ》、護衛と活躍しているので、空いていた真田幸村を任命した。

本人も田畑に入って体を動かす仕事は嫌いではないらしく、了承してくれた。

みんながイメージするであろう勇ましい真田幸村とは少々違うな。

春に安土城に行くとき、あとのことを頼んだわけなのだが、

「御大将、見て下さい、トウモロコシ十袋に増えました」

と、自慢気に見せてきた真田幸村。

倍返しだ！　と、言いそうな顔なのだが、十倍か……。

種として渡した約10キロほどの麻袋に入ったトウモロコシは、十倍になる収穫となった。

もちろん、乾燥させているトウモロコシ。

「おっ、初めてなのに良く実ったね」

中身を手に取り確認しながら言うと、

「はい、目新しい作物な為《ため》、今井宗久《いまいそうきゅう》の店の番頭に相談したところ、南蛮宣教師を紹介していただいて、トウモロコシの栽培を教えていただきました」

「なるほど、南蛮宣教師か」

「で、でして、南蛮宣教師が御大将に会わせて欲しいと申しておりますが」

協力してもらった以上、会わないわけにはいかないだろう。

協力してやったのに会いさえしないのか？　大津中納言は！などと噂《うわさ》が広まっては困る。

今後、家臣など募集するときに響いてしまいそうだ。

「問題ない、連れてきて良いよ」

「はっ、では日を改めまして連れて参ります」

そう言って、真田幸村は城を出ていった。

安土《あづち》城では何度か見かけたが、話したことはない。

ついに来るのか？　ルイス・フロイス。

◇◆◇◆◇

ルイス・フロイス
ポルトガル人・宣教師
安土幕府公認南蛮寺総代

近江大津城、二ノ丸謁見の間に真田幸村が連れてきた人物は、黒ずくめのいかにも宣教師と言う服を身に纏《まと》い、背は俺と同じくらいであろう約１８０センチほど、髪はライトブラウン、目は大きく青い瞳をギラつかせている。

謁見の間は上下段に分かれた部屋で板の間だが、椅子とテーブルが並べてある。

俺が上段の間の襖《ふすま》を開け中に入ると椅子に座って待っていたルイス・フロイスは立ち上

がった。

この時代でも、南蛮人は時々見かけるし平成の世では英語教師として学校にも来ていたので、さしたる珍しいものでもないが、俺の後ろに隠れながら背中から、ヒョイッヒョイッと顔を出している、お江《ごう》には珍しいのだろう。

好奇心旺盛なお江は、見たくて見たくて仕方ない様子。

「どうぞ、お座り下さい」

と、言うが俺が座るまで座らず俺の後に座った。

俺の背中には、お江がチョコチョコと隠れてる。

「初めて御意を得ます。ルイス・フロイスにございます」

流暢《りゅうちょう》な日本語で話してくる。

「近江大津城城主、中納言黒坂常陸守《くろさかひたちのかみ》真琴です。どうぞ、気を楽にして下さい。なんでもトウモロコシ栽培に手を貸していただいたとか、ありがとうございます」

「コーン栽培など簡単なものにございまして、とんでもございません。黒坂様には恩義がありますので」

「恩義?」

「はい、上様が南蛮技術を使った船の建造を決められたとき、私に協力を求めてきました。見返りは南蛮寺総代としての地位と布教の自由です」

なるほど、織田信長はルイス・フロイスを公認宣教師と認め、地位を約束することで、力を借りたのか。

「しかし、中納言様がなぜに我々の祖国の情勢を知っていたのか教えていただきたい」

そう、ヨーロッパでは宗教対立と海の覇権争いが激化するのが15世紀末期から17世紀初頭のこと。

それを利用するべきだと、織田信長《おだのぶなが》に進言している。

「秘密の情報網とだけ言いましょう」

「秘密ですか？　それを聞きたい。あなた様には何やら不思議な気を感じる」

宣教師、神の御加護を受けているというだけのことはあるのか？

「ははは、戯れを」

笑い飛ばす中、背中に隠れているお江が、ルイス・フロイスに近づき間近に行って見始めていた。

こんな時、気まずくなりかけるときには、浅井《あざい》三姉妹は決まって活躍してくれる。

徳川家康《とくがわいえやす》の時もそうだった。

「すみません、好奇心旺盛な子供なので」

「構いませんよ、子供はみんなこう言うもの、見慣れぬ物には興味がでる。良かったら、髪、触ってみます？」

近づいているお江に頭を下げると、お江は軽く触った。

「わ〜すごい、黒じゃないんだね、なんで目も青いの？　なんでなんで？」

と、聞くお江に対してルイス・フロイスは優しい微笑《ほほえ》みで、

「なんででしょうね。神デウスがお作りになられたとしか、妹様ですか？」

「えぇ、妻の妹でして、信長様の姪《めい》ですよ」

大きな瞳をさらに大きく見開き、

「上様の姪御様でしたか、失礼しました。仲良くして下さいね」

お江に微笑むと、お江はその顔を指でツンツンとしていた。

「お江、無礼はいけませんよ」

茶々《ちゃちゃ》とお初《はつ》が料理を運んできてくれた。

絞めたて、毟《むし》りたて、捌《さば》きたて、揚げたて自慢の唐揚げと、カレーライスと豚汁だ。

さらに、来客用にワインを用意してある。

それを出すと、

「オウ、これはゴアで食べたことがあります。カリィーですか？」

やはり知っていたか。

しかし、これはごまかそう。

「独自に編み出した薬膳料理ですよ、食欲増進、血流改善、滋養強壮にあみ出しました。

さあ、温かいうちにお召し上がり下さい」

ルイス・フロイスは食事の前の、神への祈りを唱えた後、一口運んだ。

「やっぱり、ゴアで食べた物だ。あなたはこれをどこで知った？」

慌てているのか口調が少し乱れる。

「秘密です」

「マコがなんんか、薬草組み合わせて作ったんだよ、美味《おい》しいでしょ」

お江が再び助け船を入れる。

「あなたは、不思議なお方だ」

「ルイス殿、近江大津の町での布教は条件さえ飲み込んでいただければ認めます」

ルイス・フロイス、織田領内で布教は許されているが、城下となれば、そこの主にも許しを求めねばならない。

「条件ですか？」

「はい、先《ま》ずは俺についての詮索はしないことです。そして、徒党を組んで武力を以《もっ》て何かをしでかそうとしない。強引な勧誘をしない。他宗教と争いごとはしない。日本国の政治体制に批判的活動を行わない。以上五つです。これは、いずれ信長様に言上提案いたしますので、幕府の宗教に対する法になります。仏教でも、デウスを信じるあなた方も、神社もです」

「わかりました。戦乱が治まった国を乱すことなかれと言うことですね」

「はい、そういうことです。守ってさえ下されば、いずれバチカンにも友好の使者を送ることになりましょう」

「友好の使者ならいつでも歓迎します」

と、言いながら出されたカレーを全部食べた。

「美味しいかったです。また食べに来て良いですか？」

「ははは っ、城で勧誘は困りますが、お江達に異国の話など聞かせて見聞を広めさせてくれるのなら良いでしょう」

「ありがとうございます」

そう言って、ルイス・フロイスは帰っていった。

『安土幕府宗教法度
徒党を組んで武力を持つことを禁ずる
強引な勧誘を禁ずる
他宗教と争いを禁ずる
幕府政権批判を禁ずる』

俺が提案した法度は安土城に送られるとすぐに発令された。

比叡山《ひえいざん》や一向宗に苦しんだ織田信長としても発令したい法度の内容だったそうな。

これが、後に大きな戦乱の火種の一つになっていくのをこの時はわからないでいた。

《南光坊天海視点《なんこうぼうてんかいしてん》》

ぬははははははははははっ
愚かな法度を出しおったわい。

これで、織田信長に恨みを持つ者どもを集めやすくなったというもの。

我が別け御霊《わけみたま》を乗り移らせていた、明智光秀《あけちみつひで》の恨み、武田家《たけだ》を滅亡まで追いやった恨み、ここで晴らしてくれよう。

蘆名《あしな》と北条《ほうじょう》もなんとか手を結ばせることが出来た。

我が殿も同調してくれれば、織田などたやすいはずなのだが、どうもあの黒坂常陸守を警戒している。

それに織田信長への義理立て……。

そんなものをこの妖気で忘れさせようとしているのに、あの馬鹿力、本多忠勝《ほんだただかつ》が側《そば》にいるせいで上手《うま》く別け御霊を乗り移らせることが出来ない。

あやつと一戦交えるのはなかなか至難のこと。

周りを反織田信長にして、自ら裏切って貰《もら》うように仕向けるしかあるまい。

伊達《だて》もこちら側にしたかったのに、隠居が余計なことをしおって……。

さて、各地に忍ばせている者どもに扇動させて、関東に集結させるか。

《比叡山延暦《えんりやくじ》寺座主視点》

「座主、三河《みかわ》徳川家の南光坊天海と申す者から手紙が届いておりますが、いかがいたしましょう」

「読むだけ読もう」

……。

「燃やせ」

「座主、何が書かれていたのですか？」

「知らなくて良いことだ。それより、最早《もはや》比叡山は織田家、いや、黒坂家とは敵対しないと決めたのだ。外界の戯れ事争いに巻き込まれるな。最早、その様な時代は終わったのだ。常陸《ひたち》様の見えざる何かは、まるでお釈迦《しゃか》様の御光のような物を感じる。あの方は導かれし者なのかもしれぬ。日の本を争いのない国にするために導かれし者」

「座主……」

「外のことなど気にせず修行に励め」

「はっはい。わかりました」

◇◆◇◆◇

桜の葉が散り、紅葉も赤く色づき始めた頃、あるものを買いたく近江《おうみ》大津の城下に買い物に出た。

付き添いは、森力丸《もりりきまる》と伊達政道《まさみち》と、お江も付いてくる。

他にも森力丸の家臣が何人か遠巻きから護衛をしてくれている。

うちの町は治安は蒲生氏郷《がもううじさと》が厳しく取り締まっているせいか、比較的良いらしい。

俺が入城の時に、ハッタリ火縄銃で脅した効果もあるとのこと。

最近のお江は甘えん坊が加速している。

なにかと付きまとってくる本当に妹みたいで可愛《かわい》いから良いのだが、義理の妹だから義妹で、よいのか？

茶々とお初は正妻と側室『お方様』として仕事があるらしく遊んではくれないみたいだ。

当主の俺が一番暇ってのも、おかしなものだが、平和な証拠なのだろう。

今日は学ラン型の服ではなく、目立たないように、一般的な武士の服装の袴姿《はかますがた》に太刀を腰に差している。

近江大津の城下町は今井宗久《いまいそうきゅう》・津田宗及《つだそうきゅう》・千宗易《せんそうえき》の大商人の近江大津支店があり、蒲生氏郷と協力してくれていて、短期間ではあったが、それなりの体裁が整い繁栄し始めていた。

そんな町を物色しつつ、鍛冶屋が集まる集落に向かった。

トッテンカン、トッテンカン、トッテンカン、トッテンカン

五人ほどの職人が真っ赤になった鉄を必死になって金槌《かなづち》でリズミカルに叩《たた》いていた。

チラリとこちらを見るが、熱くなっている鉄が大事なのだろう、必死になって叩き続けている。

森力丸が声をかけようとするが、止めさせた。

お江《ごう》は目をギラつかせ見ている。

こちらは約束も無しに訪ねたのだから、相手の都合に合わせるのが礼儀。

それが領主の俺でもだ。

横に木の長い椅子が有るため、腰を下ろして見ていた。

しばらくして、一人が熱く焼けた鉄を水につける。

ジュワー

っと水が焼ける匂いと共に蒸気があがった。

「お侍様、なんか御用ですかい？　今は領主様が鉄砲を大量に発注して忙しいんですが」

俺は入城したときのハッタリ火縄銃から兵装を調えるため、発注をした。

改良型火縄銃、発注をすると国友村と堺《さかい》から何世帯か移住してきて、鍛冶屋が集まる集落が近江大津城下町に出来た。

その鍛冶屋の元締めの店に来ている。

「あ～わかっている。発注主がここにおられる」

森力丸が言う。

「はぁ？　お侍様、ばか言わないでくんれ、お殿様がこのような所に来るわけねぇ～べよ」

と、鍛冶師の一人が汗を拭きながら、水瓶《みずがめ》の水を柄杓《ひしゃく》で飲んでいた。

「はははははっ、すみませんね、黒坂常陸守《くろさかひたちのかみ》、本人です」

俺が言うと、ポロリと柄杓を落とした。

「ほんまでっか？」

「はい、本当にです。ちょっと頼みたい品が有りまして」

「へっへい、なんなりと申し付けて下せい」

片膝を付いて俺の前で頭を下げた。

懐から、あらかじめ描いておいた絵図を渡す。

「へい、これは何でしょうか？」

「鉄製の竈《かまど》なんだけど、ストーブって言う物なんだ。これを三つほどお願いしたく」

絵図面をしばらく見る元締めの鍛冶師。

今回作って貰いたいのは数字の8を横に寝かせたというか、ダルマを横に寝かせたと言うのか、ずんぐりむっくりした形のストーブ、釜が二つ載せられる構造。

「竈って言うからには炭ではなく木を燃やすのですね？」

「そう、薪を燃やすやつで、部屋に置きたいわけです」

「なるほど、だからこの煙出しの筒がついているわけで」

「わかってもらえる？」

「へい、しかし、一つならまだしも三つとなると時間がかかりますが」

俺の住居の東御殿と隣の西御殿、織田信長《おだのぶなが》が寝泊まりする御成《おなり》御殿に設置したいのだが、仕方がない、冬に間に合わなければ意味がない。

「なら、一つだけは冬までに間に合うかな？」

「へい、試作をしてみないとなりませんが、一月もあれば作れます」

「では、正式な発注だからね、力丸、手付けのお金を」

森力丸がどっさりと重そうな袋に入った銅銭を渡した。

やはり銅銭をどうにかしないと支払い重すぎるから。

「お殿様の御注文でしたら、金は後払いで構いませんが」

元締めは言うが、

「いや、鉄大量に仕入れないとならないから使うでしょ？　ちゃんと客と店の関係と言うことで領主の俺でも気にしないで良いから、それと、城に入れる品だからって無理はしないで大丈夫だから、初めて作る品なんだから」

「鍛冶師として、しっかりした物を作らせていただきます」

両腕の力瘤《ちからこぶ》を見せる鍛冶師の元締め、格好いいマッチョマンだな。

俺が発注したのは、だるまストーブ。

うちの祖父母の家で平成でも現役に活躍してたから、よく覚えている。

とても暖かいんだよ。

煮炊きも出来るし、今回は薪を燃やす予定だが、いずれは石炭にしたい。

ふふふっ、これで今年の冬は暖かいぞ。

火鉢では手ぐらいしか温められなくて寒いんだもん。

暖房器具を発展させなければ俺が凍死してしまう。

それこそ、冬の間だけ雄琴《おごと》温泉に籠もっていたいが、そうもいかないので、ストーブ開発。

上手く出来ると良いな。


町に出たついでに、買い物に商家街をぶらつく。

お江があっちを見てはこっちを見てと、うろちょろうろちょろしている。

「マコ～、こっち～」

そう言いながら大きな店の暖簾《のれん》を潜《くぐ》った。

中には、反物や櫛《くし》、口紅等が並んでる女性好みの店だった。

お江はそこそこ良い着物を着ているので、店員も子供でも対応が良い。

俺はそれを店内の小上がりに座って見ている。

「こちらなどいかがでしょうか？　とても良い品の櫛に御座います」

お江に勧めてる店員。

「うわ〜綺麗《きれい》、でもね〜お金持ってきてない」

「え？」

店員の表情が曇る、正直な店員だ。

「お江、欲しいなら買うけど」

その言葉で一瞬にしてお江も店員も表情が明るくなる。

本当に正直だな。

「櫛なら、六つ頂こうか、もちろん女性用の」

「宜《よろ》しいので？　こちらは大変高価な物に御座いますが？」

比較的地味な俺を上から下まで見ては値踏みをしているらしい。

まぁ、わざわざ目立たないよう地味な服装にしたから仕方がない。

「力丸、大丈夫だよね？」

俺はお金を持っていないので森力丸に聞くと、

「さっき、全部出してしまいましたが」

「あっ、あれ全額だったのか」

「申し訳ありません。余分には持ってきていません」

「だよね、重いもんね。ツケにするわけにもいかないよね、困ったなぁ」

財布は力丸に任せてある。

次からは町に出るときは自分でも持とう。

支払に困らないようにしなくては。

「申し訳ありません。どなたかわからない一見様のお客さまには流石《さすが》にツケは出来ません」

スマホでキャッシュレス決済やクレジットカードでもあれば良いのだがと考えると、森力丸が、

「ちょっと待っていて下さい。隣に行ってきますから」

店を出ていくとすぐに、隣にある店の番頭みたいな人を連れてくると、俺に頭を下げた。

「隣の千宗易の店の番頭をしております。すぐに用立てさせていただきます」

「えっと大丈夫？」

「もちろんに御座います。殿様に貸すなど出来ることこそ商人としての名誉に御座います」

畏《かしこ》まって言う番頭の言葉に店員が驚く、

「え？　殿様？　え？　御城主様？」

明らかに戸惑っている様子。

「あっ、はい、黒坂常陸守です」

「申し訳ありませんでした。御城主様のお顔を知らぬなんて、申し訳ありません。平に平にご容赦下さい」

「謝らないで下さい。町に出ることなんてそうないので、わかりませんよね、俺の顔なんて。櫛代は城に取りに来て貰って良いですか？」

「はい、もちろんに御座います」

櫛の購入は無事できると、

「マコ～六つも買ってどうするの？　浮気？　誰にあげるの？　茶々《ちゃちゃ》姉上様にお初《はつ》姉上様、で、桜子《さくらこ》ちゃんに、私のでしょ？　あと二つは？」

「梅子《うめこ》と桃子《ももこ》にもあげるよ、いつも頑張っているんだし」

「そっか～梅子ちゃんと桃子ちゃんもかぁ～」

「え？　なにが？」

「側室にするんでしょ？　お初姉上様に蹴られないと良いね」

と、ケラケラと笑っている。

「いやいや、その予定はないから」

「え？　だって、梅子ちゃんと桃子ちゃんもそのつもりみたいだよ」

マジっすか？　今、正室に側室二人なのに、本当にハーレムになるやん。

って、もう一つ買わなきゃ。

お市《いち》様の物を忘れたほうがお初に蹴られそう。

お初の怒りを静めるのにも、お市様の機嫌を取っておいたほうが良いだろう。

ふぅう、何気にハーレムルートって機嫌取りの戦いになりそうだな。

櫛を買い求めて帰城して、東御殿の広間に茶々、お初、桜子、梅子と桃子に集まって貰った。

お江は俺の後ろから首に手を廻《まわ》して絞めている。苦しい。

「はい、これ皆に一つずつ」

櫛を渡す。

櫛は柘《つげ》の木から作られている高級品で、細かな飾り細工が施されている。

茶々が代表して、

「ありがとうございます」

と、言いながら微笑《ほほえ》んで受けとる。

気に入ってくれたのだろう。

「真琴《まこと》様にしては、中々可愛《かわい》いの選んだじゃない」

お初、鋭い、選んだのは、お江だ。

桜子は両手で持ち胸元に大事に抱える。

ちょっとワイルドボイッシュ梅子と桃子は髪は短め。

「え？　私達《たち》二人にも良いのですか？」

いや、むしろあげないほうが不自然な気がするのだが。

「もちろんだよ。いつも頑張っているんだし」

「ありがとうございますのです」

「あっ、ありがとうございますですです」

と、二人は深々とお辞儀をした。

大袈裟《おおげさ》な、とは思ったが、主である俺が渡す、あげるものは拝領品。

それなりに意味があることは後々知った。

ただ単にいつもの御礼《おれい》のプレゼントのつもりなのに。

お江《ごう》のは買ったときに持たせてあり、お市様にはお江から渡して貰った。

その晩、寝所にて。

「真琴様、あの櫛、お江が選んだでしょ?」

「え? やっぱりわかっちゃう?」

「はい、わかりますとも、真琴様にしては可愛い物ですから」

「はははははっ、そっかわかっちゃったか」

「お初は気が付いていないみたいですけどね、で、真琴様、梅子と桃子も側室に迎えますか?」

「え? そのつもりはなかったんだけど」

「あの二人はそのつもりですよ。私としてもあの二人とお江なら許しますが」

え? え? え? え? え~?

「お江まで?」

「真琴様、お江があんなになついてるのに離せますか？」

「いやいや、妹みたいな感じなんだけど」

「では、お江は他家に？」

「茶々が城に置けと言うなら、その、お江が年頃になれば、その、はい」

「わかりました。義父《とう》様に頼みますね」

「はい、お願いします」

「梅子と桃子は、おりを見て私のほうが側室にする時期を決めますが、よろしいですね？」

「それは、うん……はい、もちろんよろしいですが何で？」

もう、興奮と焦りで変な言葉遣いになってしまうと、

「ほら、まだお初とは寝所は共にしていないではないですか？」

「あ～ちゃんと順番ってわけね」

「そうです。その順番を守らないと、お初にまた蹴られますからね」

「はははははっ、愛情の籠もった蹴りは重たいよ」

「お初の蹴りは、愛情の裏返し、わかってやって下さい」

と、ピロートークをした。

……六人のハーレムですか？　良いのか？　良いのか？　俺！

人生はプライスレス？

ん？　俺の人生パルプンテだな。

《梅子と桃子》

「私達にまで櫛を買ってきてくれるなんて嬉《うれ》しいですね、梅子姉様」

「桃子、知っていますか？　櫛と言う物は『苦楽を共に死ぬまで』と言う意味があるのですよ」

「え？　では、私達も側室になれるのですか？」

「桜子姉様が言うには、茶々様に御主人様の子を産みたいと思うか？　と、聞かれるそうです。それに『はい』と、答えればなれるでしょうと」

「はい、はい、はい、はい、私、産みたいです。御主人様の子供産みたいです」

「桃子、私にそんなに言っても駄目ですよ」

「あはははは、それもそうだね。御主人様の子かぁ、産んで抱きたいなぁ」

「私もです」

「みんなで、御主人様の側室、なんか夢みたいですね」

「そうなれるよう今まで以上に頑張りましょう」

「はい、姉様」

◇◆◇◆◇

赤く染まった紅葉も葉が落ち始め、朝晩の冷え込みが気になりだした頃、俺は囲炉裏《いろり》テーブルの前で炭火にあたって毛皮のベストと言うか、陣羽織と言うのか着て丸くなっている。

茶々とお初は呆《あき》れ気味、お江は毛皮のさわり心地が良いのか、背中に頬を当ててスリスリしている。

「御大将、頼んでいたものを鍛冶師の元締めが運んできましたが」

小姓・秘書的に働いている伊達政道《だてまさみち》が本丸の東御殿の門に来ていることを告げた。

「えっと、設置に大工さんも必要なんだけど大丈夫かな？」

「蒲生氏郷《がもううじさと》様に確認してみます」

伊達政道がすぐに三ノ丸で作業をしていた大工を連れてくる。

伊達政道に案内させ、庭側から回ってもらい、俺の寝室の隣の十畳の居室に案内させる。

俺もそちらに回り、大八車に乗せられたストーブを見ると、無駄に龍などの彫りの装飾が入った黒光りする、１００センチ×50センチほどのだるまが横になった型で、猫足が六つ着いたストーブ、脇には小さな扉と上には、取り外し可能な丸い蓋が二つ、まさにイメージ通り。

「殿様、いかがですけ？」

元締めが聞いていたので、俺は近づき手を握って、

「これだよ、これ、これが欲しかったんだよ、ありがとう」

「もったいねえ、お言葉で、あっしなんぞの汚い手をとってくれて」

確かに煤《すす》で黒く汚れ、火傷《やけど》やマメでゴツゴツし見た目は綺麗《きれい》ではないが、間違いなく仕事をしている職人の手。

汚いなどと思うはずもない。

「仕事をしている立派な素晴らしい手じゃないですか」

しっかり握ると、

「ありがたや、ありがたや」

と、言われてしまった。

運んできた鍛冶師達と大工が設置を始める。

「殿様、試したんですが、下がどうしても焦げてしまうので石板を敷かさせていただきます」

畳一畳ほどを30センチ×30センチの厚さ5センチ程の石板を敷き詰めて、その上にだるま型ストーブが置かれた。

むしろ、その石が温まって保温性があるのではと思う。

煙突は銅板で筒状に作られ、欄間をくり貫《ぬ》き外に出るようにしてもらった。

半日かけて設置が終ると、いよいよ火入れ。

自分でやりたかったが、うちのワイルドガール侍女の梅子が、

「御主人様に、そんなことはさせられませんのです」

そう言って、乾燥した小枝を一掴《ひとつか》みストーブに入れて、火を着けた。

パチパチ、と、程よく燃え始めた所に小さな薪を投入していく、

「おっ、良いね良いね、囲炉裏も悪くはないんだけど煙くてね」

火鉢は炭火で手ぐらいしか温められず、囲炉裏は煙く御殿には不向き。

食事をとる囲炉裏テーブルの頭上は天井板はなく、梁《はり》が丸見え、煙が抜け出るよう作られてはいるが煤だらけになっており、御殿には不向き。

そこで考えたのが、この鉄製のストーブ。

火が入れられストーブその物が熱くなりだし、煙が順調に煙突から外に流れる。

「マコ～、暖かいね」

と、お江が喜ぶ。

「お江、火傷には注意してくれよ。うちには子供はお江ぐらいなんだから」

お江に注意を言うと、お江は頬を膨らませ怒り顔。

「私、そんなに子供じゃないもん」

お江は頬を膨らませ拗《す》ねた。

確かに十二歳の女の子を子供扱いは良くなかったか？

しかし、火傷には気を付けないと。

「元締め、周りに囲いって作れます？」

「もちろん、作れますが、うちは鍛冶屋でございます。鉄柵となりますと火傷防止にはな

りません。熱くなりやすいから」

それもそうだ。

「私が作りましょう」

手伝ってくれた大工が言う。

木の柵だとストーブの熱で、使用しているうちに炭化しそうだが、ないよりはまし。

炭化すれば交換すれば良いかと思い頼む。

ストーブの周りには水の入った木桶《きおけ》をいざって時用に置いてもらい、水の入った茶釜を
ストーブに載せ加湿もする。

「よしよし、これで今年の冬は暖かく過ごせるぞ」

「真琴様、冬はここに閉じ籠る気？　冬眠？」

「引きこもり城主生活」

「馬鹿じゃない」

脇腹にお初《はつ》の拳が来た。

「痛い」

「城主様なのですから、見本になるように生活していただかねばなりません」

茶々《ちゃちゃ》が言う。

うん、うちの正妻と側室の姉妹は厳しい。

「マコ～怒られてる～怒られてる～ははははっ」

先ほど、子供扱いして拗ねてたお江が俺が怒られてるのを喜んでた。

くーぅ、悔しい。


居室にストーブを置いて数日、部屋でほっこりとしながらストーブで軽く炙《あぶ》った蜜柑《みかん》を食べている。

蜜柑は皮ごと炙って、まるのまま食べるのが健康に良いと祖母の教え通りに食べる。

本当なら干し芋を炙りたいのだがまだない。

サツマイモが手に入ったら絶対に作ろう。

茨城県民の冬には絶対に欠かせない食べ物。

某大洗が舞台の戦車アニメでも、生徒会長がよく食べていたが、茨城県民は本当に干し芋をよく食べる。

茨城県民の冬は蜜柑より干し芋かもしれない。

そう言えば、レンコンや蒟蒻《こんにゃく》も名産。

そして、言わずと知れた納豆。

干し芋やレンコンや蒟蒻で食物繊維摂取して、納豆で菌活、さらには、納豆に切干し大根を合わせたりするのだから、腸活スーパーフードじゃないか？　考えると腸に良い生活しているな。と、茨城県の食文化を思い出す。

今日は珍しくお江《ごう》が西御殿から来ていない静かな一日だ。

風邪でもひいたのか？　と、思っていると桜子《さくらこ》が入ってくる。

桜子は俺の側室なのだが今でも、料理など下働きは変わらずにしている。

襖《ふすま》が開くと夕飯の仕度をしている匂いが漂っている。

「御主人様、申し訳ありませんが火をお借りしてよろしいでしょうか？」

「え？　他にも火あるでしょ？」

「すみません、予定していた物以外に作ることになりまして」

「ん？　献立変更？」

「お赤飯を蒸したく、よろしいでしょうか？」

あれ？　めでたいこと別にないけど、赤飯？　蒸した米、おこわ好きだから良いし、別に部屋が暖まっていればストーブを使われてもかまわない。

「別に構わないよ、使って良いよ」

加湿に使っている釜に用意されていた蒸籠《せいろう》を乗せる桜子。

しばらくすると、米の蒸れる匂いがしだす。

部屋で蒸し米は失敗な気がする。

意外に匂いがするが、今更だな。

「今日は良いことあったっけ？　なんかの祭り事とか？」

桜子に聞くと桜子は少し口ごもる。

「えぇ～まぁ～その～」

なんとも歯切れの悪い返事が返ってきた。

なんだろうか？

「これが蒸し上がりましたら、夕飯に御座います」

桜子が言うので囲炉裏テーブルの部屋に行くと、お江が少し顔色が悪そうにしながら静かに座っていた。

珍しい、やはり具合でも悪いのか？

「お江、どうした？　具合でも悪いのか？　風邪か？」

「ん、うん、大丈夫だよ、ありがとう、マコ」

しおらしく言うお江、珍しい、本当に大丈夫なのか？

席をたってお江の額に手を当てようとしたら、お初が割って入ってきた。

「お江は大丈夫だから、真琴《まこと》様は座りなさいよね」

「常陸《ひたち》様、お江は女になりましたの」

襖を開けて入ってきたお市《いち》様が言う。

「ん？　お江は前から女の子ですよ？」

首をかしげて言うと、お市様は、

「ふふふっ」

「ん？　なに？　え？」

「御主人様は鈍感ですですから」

こんがり焼けた鯛《たい》を人数分、並べだす桃子《ももこ》。

「あ～お江、十三歳の誕生日？　十三参りの風習ならあったからわかるよ」

「ほらね、御主人様は鈍感なのよです」

梅子《うめこ》も言う。

「ん？　ん？　ん～？」

首をかしげると、米を蒸し上げた桜子が耳打ちをしてきた。

「初潮を御迎《おむか》えになられたのですよ」

お！　お！　お～なるほど、なるほど！

「おっ、おめでとう」

「も～う、やだ！」

お江が少し半泣き状態、ごめんなさい。デリカシーがないもので、

「ごめんね、ごめんなさい」

「常陸様、ですから、お江は女なんですよ」

お市様あからさまに意味ありげに言う。

流石《さすが》にこれは何が言いたいのか想像がつく。

「お市様、言いたいことはだいたいわかりますが、それ以上は」

「あら、そう？　でも、常陸様、鈍感だからね～」

お市様が言うと皆が頷《うなず》く。

夕飯は最近は、茶々達《たち》三姉妹とお市様、桜子三姉妹だけで、家臣達は城内にある自宅で食べている。

男は俺だけ、少し気不味《きまず》い、

「さっ、食べましょ。赤飯温かいうちに食べたいし」

食欲優先を装っている俺は茶碗《ちゃわん》に盛られた赤飯を食べる。

「いただきます」

ん？　思っていた赤飯と違う、なんかもっちりしていない、堅い。

雑穀米の感触に似ていて箸が止まる。

「これは、赤米で神様にあげるのに使うのですよ、最近は年貢米には出来ないので栽培も少なくなってきているのですが」

桜子が説明してくれた。

赤飯の原形なわけなのか？　思っていたのは、もっちりした、もち米なんだけどな、少し残念。

この時代の米は基本的にパサパサなんだよ、久しぶりにもっちりしたのを食べられると思ったのに。

お江の初潮の祝いなのに、赤米の味に文句をつけちゃダメだよね。

無事に大人になることが出来たことに感謝をする為《ため》に、神様に捧《ささ》げることこそが、本来の目的なのだもんね。

おめでとう、お江、無事に大人になれて、と心で言いながら赤米を噛《か》みしめた。


この時代、平均寿命は極端に短い。

無論、戦がある時代だからだが、栄養状態や、病気で子供も早く死んでしまう。

無事に成長できるのは神に感謝するようなことだ。

ん～……今、農業改革で、栄養状態改善を試みているが、一段落したら薬草園を作り、漢方薬を庶民でも買えるくらいにしていこう。

江戸時代でも薬草園を作るのは盛んになるんだったよな。

この時代では俺が率先して始めるべきことだな。

すべての子供達を大人に成長するようにしていく。

目標の一つにしようと決めた日になった。

◇◆◇◆◇

安土《あづち》城屋敷留守居役の前田《まえだ》慶次《けいじ》からの定期連絡で、織田信長《おだのぶなが》の次男・伊勢《いせ》神戸《かんべ》城城主、織田信孝《のぶたか》を総大将として信長三男・織田信雄《のぶかつ》・丹羽《にわ》長秀《ながひで》の軍が四国の長宗我部《ちょうそかべ》元親《もとちか》を攻め滅ぼしたと連絡が入った。

織田信孝はそのまま、四国探題に就任し、銀閣寺城を築き上げた藤堂高虎《とうどうたかとら》が築城奉行となり、伊予《いよ》の今治《いまばり》に海城を築き始める。

織田信雄は伊勢一国を拝領し、伊勢守に就任、丹羽長秀は土佐《とさ》一国を拝領し土佐守となった。

西日本は、いよいよ九州の島津《しまづ》だけを残し織田信長の天下統一・日本国全統一は目前、織田信長はなにかと忙しく、正月の安土城登城は不要と連絡がきた。

織田信長は、京の銀閣寺城で正月を迎えると言うこととなり、一度、近江《おうみ》大津城に立ち寄り、お市様の顔を見ては上機嫌で入京していった。

「早く子を作れよ」

そう言い残して。

平成だと何ハラスメントだったけな?

翌日、俺は城で餅つきに興じている。

もちろん、お正月に神仏にお供えする為の餅、鏡餅だ。

と言っても、俺はひたすら見ている。

真田幸村《さなだゆきむら》が力持ちを発揮し、ペッタンペッタンペッタンペッタン、勢いが良すぎて飛び散っている。

柳生宗矩《やぎゆうむねのり》はなぜか無音で、器用に餅を搗《つ》く、剣才の無駄遣い？

伊達政道《だてまさみち》はへっぴり腰で危なっかしげに餅を搗く。

森力丸《もりりきまる》は、その搗いている餅を相手にうまく息を合わせこね返していた。器用だ。

なぜに俺が搗かないかは単純、縁側の台で火鉢の炭火に当たって丸くなっている。

寒い、寒がりモード突入。

いや、冬眠モード全開。

桜子達が蒸しあげた餅米を次々に運んできては、力丸、幸村、宗矩、政道が餅を搗き、茶々《ちゃちゃ》達が丸く成型していた。

「マコ〜、食べたいんでしょ？　はい」

こっそりと、お江が餅をくれた。

お江は、俺と一緒で食欲旺盛で、わかっているな、可愛《かわい》い妹だ。

……。

搗きたての餅、醬油《しょうゆ》も、味噌《みそ》も、きな粉も、擂《す》り胡麻《ごま》も砂糖も何もつけていない餅……。

うん、米の甘さだけで素朴ですよね。

香りは良いしプルップルに柔らかいのだけど、なんせ味が餅米本来の味だけ、塩くらいはかけたい。

台所に行って、こっそりと醬油に砂糖を溶いて小皿に入れて縁側に戻ると、お初《はつ》が睨《にら》んでいた。

「もしかして、わかっちゃった？　ははは　っ」

笑ってごまかそう。

「ははは、はははっ、って、おい、待て、それは洒落《しやれ》にならん、お初、落ち着け、やめろ～」

杵《きね》を大きく振りかぶったお初が追いかけてくる。

「食べたかったら自分で搗きなさいよね」

はい、その通りだと思います。

最後の蒸しあげられた餅米を俺は一生懸命搗くと体も温まっていた。

忘れているだろうが俺は免許皆伝の腕はあるし、鍛錬も家臣との朝稽古でしている。

重い杵だろうが軽々と搗ける。

ただ、寒くて縮こまりたいだけなのだ。

気候の良い季節なら、むしろ率先して搗きたいくらいだが。

俺が搗いた餅は、みんなで醬油砂糖で食べる。

搗きたての餅、美味《うま》し。

「御大将が搗いた餅をいただけるとは」

と、力丸達は嬉《うれ》しがっているが、お初は、

「当然よね、働かぬ者、食うべからずよ」

よし、わかった。

来年は広間にストーブを増設して餅つきをしよう。

ん？　床が抜けそうだな、補強もしなくてはと考えた。

１５９５年も、もうすぐ終わる。

◇◆◇◆◇

ところで、俺が幕府造幣方奉行として新貨幣鋳造を取り仕切っていたが、餅は餅屋と言うように、銭は銭屋、要するに商売人に任せた。

今井《いまい》宗久《そうきゅう》、津田《つだ》宗及《そうきゅう》、千《せん》宗易《そうえき》、茶屋《ちゃや》四《し》郎次《ろうじ》郎《ろう》が主なメンバー。

結果としては、金銀銅銭の三つだけと言うのは商いに支障が生じる恐れがあり不採用とはなるが、10進法は取り入れられた。

一銅銭、一銀銭、十銀銭、一金銭、一両小判、一両大判。
新貨幣、天正和円
銅銭1枚は平成の貨幣価値で10円と同等
一銅銭10枚＝一銀銭1枚（１００円）
一銀銭10枚＝十銀銭1枚（１０００円）
十銀銭10枚＝一金銭1枚（１００００円）
一金銭10枚＝一両小判1枚（１０００００円）

一両小判10枚＝一両大判1枚（1000000円）

となる。

南蛮との取引には、最大の勢力を誇っているローマのバチカンで使われている金貨・銀貨・銅貨と同質（金銀含有量）の専用天正和円金貨・天正和円銀貨・天正和円銅貨が作られ取引に使うようにした。

金銀含有率を同等にするのは、無駄な金銀銅の流出を防止するためだ。

天正和円金貨・天正和円銀貨は幕府と大商人合議により、国内流通貨幣換算が別途一年に一度決められる変動制とした。

兎《と》に角《かく》、南蛮人が金貨・銀貨を日本通貨に両替しただけで儲《もう》かるシステムにはならないように最大限の注意と監視をする。

天正和円を石高に換えると、

1万石＝10億円

俺の給与（年俸）は、

20万石＝200億円

となる。

どうりで蔵が銭瓶《ぜにがめ》でいっぱいになっていたわけだ。

小判、大判にすれば置き場も少しは整理がつくというもの。

段階的に天正和円に切り替えられる。

ただし、銅銭の発行が間に合わないため、米の価値を暫定的に支払いに使うことを認め、1合＝一銀銭3枚として代替え貨幣として認めた。

《茶々視点》

「梅子《うめこ》、桃子《ももこ》、二人は何歳になりますか？」

二人を茶室に呼び出して聞いた。

「はい、年が明けて十八になるのです」

「じゅっ、十六になるですです、はい」

「そうですか、ちょうど良い年齢ですね。真琴《まこと》様は年齢を大変気にしていますから。で、二人は真琴様の子、産みたいですか？」

二人の真意をしっかりと聞かねばならない。

気持ちはわかっていても、ちゃんと言葉として確かめないと。

「はい、産みたいのです。御主人様の子、抱きたいのです」

「そうですか、で、桃子は？　遠慮なく言いなさい」

「はっ、はい、その、子を産みたいと言うより、御主人様に抱かれたい、温《ぬく》もりをこの肌で感じたい。あっ、いえ、ごめんなさい。茶々様達《たち》が私は羨ましくてですです」

「ふふふふっ、良い答えです。年明け、あなた方は真琴様の側室とします。これまで以上に励むのですよ。それと、桃子、真琴様のは痛いですからね。ふふふふっ」

《桃子視点》

「姉様、私達も側室って……」

「本当、夢のようですね」

「でも、茶々様が言っていた、御主人様のは痛いってなんのことです？　その私、具体的にどのようにして、御種《おたね》を貰《もら》うのか知らなくて」

「うっ、そっそれは……って、兎に角、寝所を共にしたら服を脱いで一緒に布団に入り、あとは御主人様に身を委ねるのです。良いですか、御主人様がなにをしようと、嫌がってはいけません」

「姉上様、子作りってそんな、大変なことをするのですか？　裸で抱き合って温もりを感じるのでは？」

「私に聞かないで、姉様に聞いて下さい」

梅子姉様は顔を真っ赤にしていた。

「桜子《さくらこ》姉様、その子作りとはどういうものなのですか？」

「桃子、あなた、知らなかったの？」

「はい、寝所を共にすれば出来るものだと」

「ごほんっ、良いですか、御主人様は舐《な》め舐めお化けです。覚悟しなさい」

「えっ？」

「これ以上は、私の口からは言えません。良いですか、兎に角、最初はくつぐったいですが、我慢しなさい。そして、任せるのです」

　桜子姉様も顔を真っ赤にして逃げていった。

　痛いの？　くつぐったいの？　子作りってなにするの……？

第二章　天正大地震

1586年正月

今年は正月を我が城、近江《おうみ》大津城で迎えた。

久しぶりに天守の最上階に上り、近江大津城下の町の先から昇る初日の出に拝んだ。

正室の茶々、側室のお初、同じく側室の桜子が一緒に初日の出を拝む。

……なんだろう、初日の出はとても綺麗《きれい》なのにモヤモヤとしたものを感じる。

今年、何かが起きるのか？

なにか災いが？

苦手なのだが、占いをあとでしてみようか。

今は、この不安を気取られないようにして。

「あけましておめでとう」

「おめでとうございます」

三人は床に丁寧に三指を突いて深々とおじぎをしながら挨拶をする。

「今年もよろしくお願い」

と、言うと桜子が、

「今年こそはお世継ぎを作れるよう努力したいと思います」

茶々《ちゃちゃ》も頷《うなず》き、お初《はつ》は顔を赤らめて恥ずかしそうにしていた。

「あっ、はい、頑張りましょう」

俺は恥ずかしくムズ痒《がゆ》く頭をかきながら言う。

お情けをくれと言ったり、お世継ぎを作れるようにって、何気に下ネタ全開だと思ってしまう自分が恥ずかしい。

戦国の世は、まだ終わっていない。

なら、家を存続させるにも子供は特に大切。

特に俺みたいに養子に出来る兄弟や甥《おい》っ子など、跡継ぎがいない者には尚更《なおさら》。

使命感を持った女性に子作り＝下ネタと思ってしまうのは、大変失礼なこと。

申し訳ない。

「つきましては予《かね》てより申し上げております梅子と桃子も、側室に迎えますから」

茶々が言う。

「へ？」

「屁《へ》は出ません。失礼ですね。梅子と桃子も年頃、嫁ぎ先を考えましたが城に残り真琴様と共に過ごしたいとの申し出を受けようと思います」

茶々はいざって時には鋭い目付きをし、俺の目に真剣に訴える。

「皆がそれを納得しているんだね？」

俺が聞くと皆は頷き、桜子が、

「茶々様に妹達が、御主人様の側室になりたいか？　と、聞かれて大変喜んでおりました。どうか、二人もよろしくお願いします」

「わかったよ。俺の価値観だと今でも多いと言う、ありがたいハーレム状態なんだが」

「はーれむ？　真琴様ってちょいちょいわからない言葉を使うわよね？」

お初が言う。

気を付けてはいるが、言葉遣いなどそうそう変わるものではない。

「南蛮の言葉で、多妻婚みたいなことだよ」

「南蛮の言葉ねぇ、前から思っていたけど、真琴様って、どこで南蛮文化を学んだの？生まれ育ちは常陸《ひたち》の国なんでしょ？」

茶々は知っているが、お初達には言っていない秘密がある。

未来人であると、言っていいのかな？　と、思い茶々を見ると、首を静かに横に振る。

秘密は隠しておけと言うことなのだろう。

「剣の修行で日本の各地を巡ったからだよ」

そう嘘《うそ》をつくしかない。

「なんか、釈然としないわねぇ、何か隠しているでしょ？」

「お初、いい加減にお止《や》めなさい。義父上《ちちうえ》様に認めていただいている真琴様の御力《おちから》をむやみに聞くものではありません」

「はい、申し訳ありませんでした」

お初が謝り、新年早々気不味《きまず》い雰囲気。

「マコ～、まだ初日の出、拝んでるの～？　お雑煮、出来たよ～冷めちゃうよ～」

お江《ごう》が下から大声で呼んでいる。

「お、おう、今、行く」

囲炉裏《いろり》テーブルに向かうと、味噌《みそ》仕立てのお雑煮が出てきた。

くぅ～そうだった。

お雑煮改革を忘れていた。

茨城の一般的お雑煮とかけ離れているんだったよ。

お雑煮って、鶏だし醤油《しょうゆ》仕立てでナルトと三葉が載っているものが良いんだよ。

なんか、残念な気分になる。

俺が知っている、馴染《なじ》んだお雑煮をいつか作ろうと決めた瞬間だった。

◇◆◇◆◇

「祓《はら》いたまへ清めたまへ守りたまへ幸与へたまへ～高天原《たかまのはら》に神留《かむづ》まり坐《ま》す皇《すめら》が親神《むつかむろ》漏岐神《ぎかむ》漏《ろ》美《み》の命以《みこともち》て……」

近江大津城内に奉《まつ》ってあるお社の前で大祓《おおはらえ》詞《ことば》を唱え、

「鹿島におわします武甕槌大神《たけみかづちのおおかみ》よ、御力をお貸し下さいますよう何卒《なにとぞ》よろしくお願い申し上げます。えいっえいっえいっ」

俺の描いた日本地図を前にして唱えると、琵琶湖《びわこ》一帯から黒く変色していった。

地震が近いのか？

くそ、ちゃんと覚えておけばな……。

そんな悔しさと闘っていると、

「マコ～、良い？　正月の挨拶にみえた人達、姉上様達がマコの代わりに会っているんだけど、前田《まえだ》の千世《ちよ》ちゃんが一緒の人、いるんだけど、どうする？」

お江が聞いてきた。

「ん？　千世が一緒で松《まつ》様は？」

「松ちゃんは忙しいからって、千世ちゃんを挨拶にって」

おいおいおいおい、幼女を新年の挨拶にって本当、松様も無理するな。

家臣だか保護者はいるのだろうけど。

「前田家の使者なら会うよ。お世話になっているんだし、それに千世なんでしょ？　会わないのは可哀《かわい》そうだから会うよ。久々だし」

「うん、そう言うと思って広間でお菓子食べさせてる」

お江と一緒に広間に行くと、幼女二人……幼女が増えた。なぜ？　誰？

《山内千代《やまうちちよ》視点》

「松様、その小耳に漏れ聞いたのですが、なんでも大津中納言様は好きな武将に我が夫の名をあげられたとか？」

「どこでそんな噂《うわさ》を聞いてきたのですか？」

「そのぉ、羽柴《はしば》様のおね様がお市《いち》様から聞いたようで、秀吉《ひでよし》様の名がなかったことを気にしておられました」

「そうですか、聞きましたか……」

「又左衛門《またざえもん》様は何でも好きな武将五位、うちの夫は六位に選んでいただいたとか。松様は大津中納言様と御昵懇《ごじっこん》と聞き及んでおります。私もご挨拶くらいしたいのですが、昨今なかなか会えないとか、御力をお貸しいただけないでしょうか」

「はははははっ、そうですか、別に構いませんが、ただ、お会いしたところで依怙贔屓《えこひいき》するようなお方ではないですから期待しないほうが良いですよ。それと理由なき高価な贈り物はあの方にはかえって心証を悪くいたすだけですから、食べ物くらいがよろしいですね。少々変わっているのですよ、常陸様は。そうですか、会いたいですか、だったらうちの千世を連れて、近江大津城を訪ねたらいかがですか？　千世は常陸様に可愛がって貰っていますから会えますよ。それに与祢《よね》も連れて行くと良いでしょう」

「え？　与祢をですか？　与祢は山内家の大切な一人娘、いずれは婿を貰い家を継がせたいと考えているのに与祢を差し出せと？」

「ふふふふっ、違いますよ。常陸様は単純に幼女には優しいのですよ。取って食べたりや無理矢理側室に、などとは絶対に言いませんから安心して連れて行くと良いでしょう」

「松様がそうおっしゃられるなら」

私は少しでも夫の一豊《かずとよ》様の為《ため》になればと思い、近江大津城に前田松様の新年の挨拶代理千世姫の付き添いとして登城した。

◇◆◇◆◇

一人、松様よりは若いかな？　と思える女性はひれ伏していた。

「おっ、千世、お菓子、美味《うま》いか？」

「うん、おいちいよね～」

「うん、おいちい」

千世が連れてきた幼女も言うと、バームクーヘンを喜んで食べていた。

「これ、与祢、ちゃんとご挨拶しなさい」

叱る女性、侍女にしては身なりが良いな。

「はははははっ、良いから良いから、で、あなたは？」

「名乗り遅れて申し訳ございません。山内猪右衛門《いえもん》一豊の妻、千代と申します。我が夫を大津中納言様にお引き立ていただけるようご挨拶をしたいと、前田の松様に頼みましたら、ちょうど新年の挨拶の使者を立てようと思っていたが、私が行くなら千世姫を一緒にと。それと、幼女を連れて行けば喜ぶからと娘の与祢を一緒に」

山内一豊の妻千代キターーーーーー！

内助の功の山内千代じゃん。

う～どことなくあの「全部すべてスリッとまるっとお見通しだ！」って言いそうな黒髪ロングの女優さんに似ている。

本当にこの世界は大河ドラマの配役にそっくり。

ってことは山内一豊本人は上川さん？

いずれ会えるのかな？　と、期待する。

それより、バームクーヘンを喜んで食べている幼女二人を見ていると、

「はははははっ」

もう笑うしかない。

松様、本当、俺は別に幼女好きではないのだから……ってロリコンと勘違いされてる？

それにしても、山内一豊の娘？　確か五歳くらいで亡くなるはず。ドラマで見た記憶が。

史実では本能寺の変の後、羽柴秀吉の家臣として働いた山内一豊は長浜城主になったはず。

その直後に天正地震に遭い、娘は亡くなっている。

「与祢、何歳？」

「ごさいです」

可愛く答えるが、その瞬間全身に鳥肌が立った。

「……絶対に、今年は長浜城に近づいては駄目、今年は絶対に駄目だ」

パズルが一気に合ったような感覚に襲われ言葉を発した。

これは諸手を挙げて喜べないが、武甕槌大神のお導きなのかもしれない。

この娘も助けよと。

俺が慣れ親しんできたライトノベルや、漫画や映画やドラマでは、時代の修正力などが描かれるが、この俺の時間線にはそれは全く起こらない。

時代線はお前が変えろ！　と、言われているくらいに。

パラレルワールドとして枝分れした時間線はそう言うものなのかもしれない。

「いかがいたしました？　常陸様」

突如顔色を変えた俺に山内千代は聞いてくる。

「詳しくは言えないけど、兎《と》に角《かく》駄目なものは駄目、良いね」

興奮してしまったところに、茶々が入ってきて、

「真琴《まこと》様、これ以上は」

俺が何かを口走らないように茶々は慌てたのだろう。

「うっ、うん。少々用事が立て込んでいるので失礼する。千世、与祢またおいで」

幼女二人の頭を撫《な》でて退室した。

「真琴様、何かあるのですか？　あの娘は？」

「記憶が正しければ今年か来年、そのくらいで地震に巻き込まれて死ぬんだよ」

茶々《ちゃちゃ》は口を押さえ絶句した。

「これから少し書き物をするから」

俺は部屋に籠もって大急ぎで織田信長《おだのぶなが》に手紙を書いた。

天正大地震が近い。

そして、与祢のおかげで少々思い出した。

天正地震について。

飛驒《ひだ》の山奥にある帰雲城は、この地震で山体崩壊で、まるごと消えてしまうことを。

近江《おうみ》一帯から関西、そして、中部北陸地方に地震が近いことを知らせてと京都にいる織田信長に手紙を出した。

間に合えば良いのだが……。

《茶々視点》

「山内殿、山内殿、しばし待ちなさい」

私は玄関から出ようとしていた山内千代を止めた。

「茶々の方様、本日は突然押しかけて申し訳ありませんでした。常陸《ひたち》様には気分を害してしまったようで」

「気分を害したわけではないので、そのことは構いません。それより、真琴様の言葉は他には話さないで下さい」

「えっと、それは先ほどの長浜には近づくな、とのことですか？」

「えぇ、そのことは貴女《あなた》の心に留め置き、与祢と共に京屋敷に入ると良いでしょう。銀閣寺城城下に屋敷はあるのでしょ？」

「はい、ありがたいことに安土《あづち》と、銀閣寺城下に」

「……私が一筆、したためます。良いですか、これを誰にも見せずに森蘭丸《もりらんまる》に渡して下さい。あなたも見てはいけません。良いですね」

「はっはい、わかりました」

森蘭丸に宛てた手紙には、

『真琴様が御神託で夢を見た。助けてあげたいから、銀閣寺城下住まいを許してあげて下さい』

義父織田信長、そして、真琴様の秘密を知る者だけなら察する言葉で手紙を書いた。

もしも、手紙が奪われ誰かの目に留まっても良い言葉を選んで。

幼き娘、与祢、助かることを私は願った。

《桃子《ももこ》視点》

年明けをするとすぐに、桜子《さくらこ》姉様が側室になったときのような綺麗《きれい》な嫁入り衣装を茶々様が用意してくれて、梅子《うめこ》姉様と一緒に御主人様と杯を交わした。

……御主人様は舐《な》め舐めお化けと言うより舐め舐め妖怪でした。

あんなに舐め回してくるなんて。

「姉様、御主人様……そのすごいくつぐったいですよね」

「桃子、そう言うのは黙っておくのです」

「やはり、姉上様も？」

「……はい、やはり御主人様は臭いがお好きなようで、首筋やら脇やらで深呼吸するし

……かなり恥ずかしい」

「ですよね？　それで舐め回してきますよね？　お江《ごう》様が御主人様のこと、舐め舐めお化けって言っていた謎が解けました」

「……美味《おい》しいのでしょうか？」

「さぁ？　しっかり洗い落としてはいるのですけど」

「しかし、お初《はつ》様がお月のもので、私達《たち》が先に床を一緒にしてしまうなんて申し訳ないですよね」

「でも、お初様、何気にお優しいですよね。気にしないでって」

「そうなんですよね。よく御主人様を蹴ったりしていますけど、実は一番好きですよね？　お初様」

「え？　好きという気持ちなら私だって負けませんよ」

「そりゃ～私だって勿論《もちろん》大好きですけど」

「ほら、いつまで話しているのですか？　早く朝ご飯の用意しないと、御主人様のお目覚めの時間ですよ」

「「はい、姉上様」」

◇◆◇◆◇

天正13年11月29日
1586年1月18日

正月が過ぎ、いつもの変わらぬ生活の一日の終わり、寝所に入り隣では茶々がすやすやと静かな寝息を立て始めていた頃、突如地鳴りが響きだした。

ゴ――――――――――――――

今日か、今日だったのか？

こんなに切羽詰まっていたのか？

「起きろ、茶々、起きるんだ」

大声で叫んだあと突如大きな揺れに襲われる。

縦揺れ、横揺れなどと言う表現方法が用いられるが、本当に大きな地震と言うものは、どちらに動いているかなんてわからないもの。

地球そのものが大移動しているかの如《ごと》く揺れる。

俺は、目をこすって何事？　と、状況をわからないでいる茶々に俺の布団をさらにかけ、上から覆いかぶさる。

「地震だ」

「真琴様？」

布団の中からかすかに声が聞こえる。

地鳴りと屋敷の柱がきしむ音でかき消される。大きな揺れはしばらく続いた。

30秒というところだろうか、俺は大きな地震を体験している。

それに似ている。立っていられない。

３１１でたまたま訪れていた、いわき市で6弱の揺れを体感していた俺にとっては、二度目だった。

いや、４１１の巨大な余震も茨城で経験しているから三度目か？

揺れが収まったところで布団をはぎ取り、俺は耐衝撃型スマートフォンの懐中電気モードを使って部屋を照らした。

「茶々、大丈夫か？」

「はい、大丈夫です。今のは地震ですか？」

「ああ、今のが後の世でも知られるほどの地震、天正地震のはずだ。余震と言って、しばらく揺れが続くはず」

「御大将ぉぉぉぉ、大丈夫ですか？」

廊下を大急ぎで走ってきて襖《ふすま》を開ける森力丸《りきまる》。

「大丈夫だ。怪我《けが》はない。それよりすぐに動くぞ、まず、かがり火で城を照らせ、被害の確認を頼む。怪我人がいないか、火事は発生していないか、そして登城太鼓を鳴らして足軽を集めてくれ」

「はっ、すぐに」

森力丸は廊下を走り出す。

うちの城、近江大津城は築城時に俺の未来知識を使った耐震に力を入れた造り、壁にはXの柱が埋め込まれており、御殿の屋根は瓦より軽く防火性もある銅板瓦の為《ため》、被害は漆喰《しっくい》の壁に亀裂が走るくらいだった。

ただ、瓦葺《かわらぶき》の天守の屋根瓦はひどく落ちている。

「茶々、急いで着替え、皆を広間に集めよ」

「はい」

広間には本丸御殿東西両方を住居としている、俺、茶々、お初、お江、お市様《いち》、桜子、梅子、桃子、その下の住み込み侍女と、夜番の警備勤めの家臣が集まった。

「皆、大事無いな？　これよりしばらく余震が続く、気を付けよ。幸いにしてこの城は地震に強い作りとなっているが油断はするな。そして、これからのことを近江大津城城主として命じる。お市様、留守居役をお願いします。茶々、皆をまとめる役となれ、お初、連絡係だ。桜子、侍女達と炊き出しの準備、朝には多くの握り飯を配れるようにしてくれ」

「……はい」

なんとも小さな返事が返ってきた。

「黒坂《くろさか》の名に恥じぬ振舞をしろ」

大声で叫ぶ、すると一斉に、

「「「はい」」」

大きな返事が返ってきた。

俺はその返事を聞いたのち、お江、梅子、桃子に手伝って貰い甲冑《かっちゅう》を着て玄関に出ると、森力丸、真田《さなだ》幸村《ゆきむら》、柳生宗矩《やぎゅうむねのり》、蒲生氏郷《がもううじさと》、伊達《だて》政道《まさみち》が待っていた。

「氏郷、兵を率いて城下領民の救出活動を」

「はっ、かしこまりました」

「宗矩、城の警備を特に火元には必ず見張りを立てよ。この混乱で城を乗っ取ろうと言う者が出ないとは限らない、しかと注意をせよ」

「はい、かしこまりました。怪しき者、すべて斬り捨てます」

「力丸、安宅船《あたけぶね》の出航の準備、食料を積んで長浜に行く」

「長浜にですか？」

「この地震で多くの被害が出るのは東近江、救援に行く」

「かしこまりました」

「幸村、陸路を兵を率いて安土に向かえ、慶次《けいじ》と松《まつ》様に協力してもらい救援活動、炊き出しをせよ、急げ」

「はっ、すぐに」

「政道、銀閣寺城に馬を走らせ行け、信長様に俺が救援活動に近江で陣頭指揮をとると伝えよ。兵を動かすが謀反ではないと、しっかり伝えよ」

「はい、承りました」

俺は、家臣それぞれに指示を出す。

織田信長と長浜城主・森蘭丸は今は京の銀閣寺城、京の都から動くにも動けなくなることは想定できる。

だったら、俺が動かねば。

と、茶々が近づいてくる。

「行かれるのですね」

「あぁ、こういう時に動かねばな。給金を貰《もら》っている意味、織田《おだ》家の一門になった意味がない。茶々《ちゃちゃ》あとのことは任せた。蔵に眠る銭、米を使い、領民にひもじい思いだけはさせるなよ」

「心得ております」

俺の目をしっかりと見つめた。

キスをそっとし、

「いざ、出陣」

太刀を抜き高々と掲げた。

俺は森力丸と、百五十名の足軽を安宅船に乗せて長浜城に向かう。

夜中なため仮眠を取りながらだが、安宅船のなかでも普段とは違う揺れがたまに起こっている。

余震なのだろう。

幸い水面の揺れと水位の多少の変化があるが、津波は発生していない。

この天正地震、震源地は詳しく知らないが、仮に琵琶湖《びわこ》の底が隆起する地震なら、湖でも小規模の津波は発生する。

曖昧な伝承は残っており、どこかで津波だか大波だかの被害が出たとかの記述はあったはず。

ただ、この時代大きな地震は複数回あり、その情報が乱雑に入り乱れて残ってしまっていたはずだ。

琵琶湖だからと言って油断は禁物。

朝方になり太陽が上がり始めた頃、長浜城が目に入ってきた。

長浜城は俺の近江《おうみ》大津城に似ている琵琶湖に突き出た水城。

本丸天守が一番湖に突き出ているのだが、瓦は崩れ天守はかしげ、倒壊寸前に見えた。

近江大津城と長浜城の違いは、近江大津城は築城時に俺が関与していて、地震対策をしている。

長浜城は、その技術の前の城で地震対策をされていない。

史実では、山内一豊《やまうちかずとよ》の娘が倒壊した柱で下敷きになり死んでいることで有名だ。

長浜城の船着き場に到着して船を降りると、足軽が二人槍《やり》を向けてきた。

「何者?」

それはそうだ。

城を守る警備の兵なのだろう。

地震の混乱に紛れて城の乗っ取りを企てる者や略奪にくる者への警戒。

「地震の救援に来た。近江大津城城主黒坂常陸守《ひたちのかみ》である。長浜城城主、森蘭丸《もりらんまる》殿の弟、力丸も一緒だ。安心せよ救援だ。蘭丸殿は京であろう代わって俺が陣頭指揮をとる。これは信長《のぶなが》様に連絡はしてある」

　俺が言うと槍は地面に置かれ片膝を突いて、

「無礼、申し訳ありませんでした。よろしくお願いいたします」

　力が抜けたようで崩れ落ちていた。

　気が張り詰めていたのであろう。

　涙をグッとこらえているのがわかる。

「力丸、救援部隊、治安維持部隊、炊き出し部隊に手分けさせ、すぐに活動を開始。助ける者に身分の差はない。これは厳命である。取り掛かれ」

「はっ、御大将の命を皆の者も聞いたな、すぐに手分けして取り掛かれ」

　森力丸が足軽達《たち》に指示を出す。

「あっ、それと余震が続く、皆の者、自分自身が怪我なきよう頼むぞ」

　注意の指示を出し救援活動を行う。

　町には倒壊した建物が多数あり、城も含めて壊滅的ダメージだった。

　ただ、直《す》ぐに武装した足軽を出したことで暴動などは起こらず、炊き出しでひもじい思いだけはさせまいと、近江大津城から運んできた鶏を使って炊き込みご飯と、けんちん汁を振る舞った。

　五日ほど長浜城の庭に陣幕が張られた中で、ひたすら不眠不休で陣頭指揮に当たっていると、森蘭丸が京の都から到着した。

「常陸《ひたち》様、ありがとうございます。ありがとうございます。この御恩、一生涯忘れません」

「蘭丸、俺と蘭丸の仲ではないですか、もちつもたれつですよ」

「はっ、安土《あづち》にも寄って参りましたが、お手配下された前田《まえだ》の松様、慶次殿、幸村殿が陣頭指揮に当たって、混乱を抑えていただきました。留守居役より役に立つと上様が大変満足しておられましたよ。ここは私に任せて、近江大津城にお帰り下さい。皆様がお待ちにございましょう」

「信長様には御無事で？」

「はい、安土城は半壊状態ではありましたが、銀閣寺城はパネル工法や、Xの柱のお陰なのでしょうか、無傷に御座います」

「それは良かった、良かった」

森蘭丸に引き継ぎをして、近江大津城に安宅船で帰城した。

疲れた。

慣れないことをしたせいか少し調子が悪い。

酷《ひど》い疲れのせいなのか、船の揺れのせいなのか、体調の悪さを感じながら城に戻った。

近江大津城に帰ると、桟橋で立っていられないほどのめまいに襲われ、目の前は真っ暗となった。

《お初《はつ》視点》

「真琴《まこと》様、ちょっと真琴様、どうしたって言うのよ」

栈橋で倒れ寝所に運ばれてきた真琴様は、息づかいが荒く、熱が出ているようだった。

「すぐに薬師を手配いたしなさい」

姉上様が家臣に指示を出す。

「梅子《うめこ》、部屋を暖めて、桃子《ももこ》、真琴様の着替えをすぐに」

「姉上様、私はどうすれば？」

私はどうして良いのかわからなかった。

姉上様のように機敏に動けない自分が悔しかった。

「お初、真琴様と一緒の布団に入って体を温めてあげなさい」

「え？」

私はまだ、真琴様と布団を共にしたことはない。

真琴様は側室にしても年齢を気にしていた。

その為、まだ抱かれていない。

躊躇《ちゆうちよ》する私に姉上様は、

「恥ずかしがっているときではありません。お江《ごう》と交替で抱いて温めるのです。そして、呼びかけ続けなさい。良いですか、向こうに渡らせてはいけないのです。しっかりやりなさい」

「はっ、はい」

私は着替えさせられた真琴様の布団に入り熱で熱い体を抱き締め、

「真琴様、行っちゃ駄目、こっちに戻ってきて、そして、ちゃんと私を抱いて」

ひたすら呼び続けた。


真琴様の急病の知らせは、母上様から伯父上様に知らされると、真琴様を死なせたら首を刎《は》ねると脅された医師達が京の都から集まった。

「こっ、これはいけません。肺の腑《ふ》が腫れております。すぐに薬を」

煎じられた薬を意識のない真琴様の口に入れるも吐き出した。

「真琴様、真琴様、ちゃんと飲んで下さい」

姉上様が頬を叩《たた》きながら言うが、咳《せ》き込むだけで無反応だった。

「私に貸して」

急須に入った苦い薬を口に含み、真琴様の唇に押し当て、勢いを付けて流し込んだ。

「お初」

姉上様は驚いていたが、兎《と》に角《かく》飲ませる為にはこれしかないと思った。

「私がこれだけしてあげてるんだから、ちゃんと帰ってきなさいよね」

◇◆◇◆◇

暗い暗い混沌《こんとん》の海を泳いでいるかのようだ。
周りには何も見えない、真っ暗な闇。
そこをただひたすら泳いでいるというのか、浮いているというのか、そんな世界だ。
夢の世界とは少々違う気がする。
今までに見たことも感じたこともない雰囲気。
ただ、しっかりと頭は働いている。
その暗闇をずっとずっとずっと、ただひたすら泳いでいる。
……。
「真琴、起きなさいよね」
……。
何かが聞こえる。
そうか、幼馴染《おさななじみ》の萌香《もえか》か？
毎朝のように起こしに来てくれている萌香。
「真琴様、真琴様、真琴様」
ん？　違うのか？
これは夢なのか？　きっと夢なんだ。

あの修学旅行で入った寺で、俺はなにかの病気になったか、事故事件に巻き込まれて危篤にでもなっていたんだ。

長い長い夢を見ていたのか？

「マコ〜足、舐《な》める〜」

「夜の舐め舐めお化け起きなさいよ」

「口吸いお化けの御主人様、起きなさい」

……。

そんな声は優しいのだが強く呼んでいるようだった。

この声に応えなくては。

この声のほうに戻らなくては駄目なんだ。

このまま、この暗闇を泳いでいては駄目なんだ。

鹿島の大神、我に道を示してくれ。

俺が行くべき道を……。

一点の光、その光に飛び込むように向かった。

うっすらと目に光が戻ってくる。

「うっ、ここは？　ゲホゲホ」

俺をのぞき込む美少女六人。

「茶々、お初、お江、桜子《さくらこ》、桃子、梅子か？」

そう、俺のハーレムヒロイン達が俺の布団を囲んでいる。

「もう大丈夫でしょう、峠は越されました」

いかにも歴史時代劇番組に登場しそうな医者？　薬師？　が、俺の脈を採っていた。

残念なことに、大沢さんには似ていない。

金八さんのほうが似ている、おっさん。

よく見れば、部屋の端には薬師と思われる人達が結構な人数で、襖《ふすま》にもたれかかりながらぐったりとしているようだった。

「お殿様、風邪をこじらせたようで肺の腑が腫れていたようでございまして、三途《さんず》の川を渡られる寸前にございました」

金八薬師が言っている。

寒い中、ほとんど休みなく陣頭指揮に当たっていた。

急ぐあまりに、毛皮も忘れていて風邪をひいてしまったのだろう。

「ゲホゲホ、うっ、うん」

体を起き上がらせようとすると、お初が覆いかぶさってきた。

「静かに寝ていなさいよね、心配かけないでよ」

涙声まじりなのがわかる。

「ゲホゲホ、わかったから、わかったから、重いぞ、お初」

「重いなんて失礼ね」

ピシッ

と、遠慮しているのか場をわきまえているのか、空気を読んでいるのか、デコピンだけだった。

周りはそのやり取りを見て、目を押さえながら笑っていた。

きっと、泣きたいのと笑いたいのとと言う複雑な気分なのだろう。心配させてしまったなぁ。

「ゲホゲホッ、どのくらい寝ていた？」

「一週間になります。もうだめなのかと思いました」

茶々《ちゃちゃ》が涙を頬に伝わせながら言う。

少し苦しいし、体も重いが大丈夫な気が自分ではする。

「大丈夫だよ、ゲホッ」

茶々の顔に伝う涙を指で拭うと、

「大丈夫ではありません。風邪は万病のもと。死を覚悟しなければならないときもあるのです」

金八薬師に怒られてしまう。

「しばらくは、このまま静養をしていただきます」

「そうだ！　地震は？　城下は？　安土は？　長浜は？　信長《のぶなが》様は？　ゲホゲホ」

心配になって聞くと、襖の外にいたのであろう森力丸《もりりきまる》が、失礼しますと言いながら襖を開けた。

「蘭丸《らんまる》兄上、坊丸《ぼうまる》兄上、それに賤ヶ《しずが》岳《たけ》城から前田家の兵が救援に来て、万事滞りなく民の救済に当たっております。上様が、初動に御大将が働いてくれたおかげで被害も少なくなり、また、織田《おだ》家はいざというときに民を大切にし、すぐに動く者が居ることを国内外に見せることが出来た。と、大変感謝しておられています。御大将が倒れられたので、この薬師達《たち》を手配してくれたのです」

「そうか、被害は最小限にできたか……」

「上様の命にございます、しっかりと病を治せと」

「わかったよ、ただ、信長様に伝えて、余震は続くし、このあと各地で地震が頻発する活動期に入ったからと、そう言えばわかるはずだから」

「はい、すぐに早馬を走らせます」

俺は少し疲れてまた眠りに入った。

しかし、先ほどとは違う白い世界の夢の中に入った。

心地好い微粒ビーズが詰まった高級美少女抱き枕を抱いて寝ているかのように。

あとから知ったが、体を温めようと、お初が一緒に布団に入ってくれていたらしい。

この時抱いていたのは、お初だった。

しかも、薬まで口移しで無理矢理飲ましてくれていたとか。

暴力的ツンデレ義妹で側室のお初、実は優しい。優しいと言うより、本当に愛してくれている。

約一ヶ月、俺は苦い煎じ薬を飲まされながら、布団から出ることを許されずに静養した。

余震は続いていたが、耐震構造のうちの城は、天守の瓦以外、被害はほとんどなかった。

《茶々視点》

「桜子、真琴様に滋養のある物をお作りいたしなさい」

私は真琴様の早い回復を願い桜子達に料理を頼むと、

「ウナギですか？　大蒜《にんにく》などですか？　自然薯《じねんじょ》？」

「ん～確かに滋養がつくとは聞きますが、もっと食べやすいものが良いでしょう」

「そう言われましても難しいのです」

梅子は烏骨鶏《うこっけい》の羽をむしりながら答えてきた。

「なら、蘇《そ》をお作りなさい」

母上様が言ってきた。

「母上様、蘇とは？」

『蘇』聞いたことのない食べ物。

「牛の乳をゆっくりゆっくり弱火でかき混ぜながら煮込むと水分が飛んで塊が出来ます。古来より宮中などで愛されている滋養の付く食べ物だと聞いたことがあります」

「都でですか？　ならば、効くかもしれませんね。桃子《ももこ》、すぐに御用商人を通して新鮮な牛の乳を集めなさい」

「はっはいっはいですです」

すると、耕作用の牛から搾り取られた牛の乳が集められた。

私は火鉢に鍋を置き、コトコトと沸騰しないくらいの弱火で煮込んだ。

「茶々様、私達が代わります」

桜子が変わろうとするものの、真琴《まこと》様に私が作った物を食べさせたくモクモクと煮込み続けた。

すると、水分は湯気となって飛んでいき、少しずつ塊となる。

ほとんど水分が飛んだ所で、綺麗《きれい》な布の上に乗せ、形を整えしばらく冷めるのを待った。

真琴様の夕飯の烏骨鶏の雑炊と一緒に出すと、

「ごほごほごほ、ん？　なにこの茶色い固形物？」

「蘇にございます」

「そ？」

「蘇です」

「あ〜和風チーズ『蘇』ね、聞いたことはあるけど初めて食べる、いただきます」

と、口に運ぶと、

「ん？」

「お口に合いませんか？」

「いや～チーズケーキみたいだなと思って」

「ちーずけーき？」

「西洋のお菓子なんだけどねっ……って、うわっ、何この後味、めっちゃ濃い牛乳の後味が口に残るんだけど」

「ですよね……私も味見したのですが、乳臭くて」

「いや、牛乳は嫌いではないから別に不味《まず》いとかではないんだけど、すげー後味、面白い」

不味いと言う表情ではなかったものの、笑いながら食べていた。

真琴様の笑いのツボにはまる味のようだ。

「兎《と》に角《かく》、滋養強壮の薬です。これから毎日作りますので、食べていただきます。薬と思って食べて下さい」

「えっ？　これって、もしかして茶々の手作りなの？」

「はい、そうですが？」

「うわ～美少女が作る蘇……なんか萌《も》える、ごほごほごほ」

「ほら、また馬鹿なこと言ってないで、早く食べて薬飲んで寝て下さい」

「あっ、はい。ごめんなさい。でも、茶々の手作り料理って初めてじゃないかな？　ありがとうね」

「ご所望とあれば料理くらいできましてよ。ただ、真琴様が桜子達に教えた料理のほうが美味《おい》しいので私は作らないだけで」

「ははは、ありがとう。その気持ちが嬉《うれ》しいよ」

「ほら、体が冷えますから、早く食べて、早く寝て下さい」

私は、手料理を褒めてくれる真琴様の笑顔が嬉しかった。

今度から少し料理、習おうかしら。

《梅子《うめこ》と桃子》

「姉様、毎日同じ粥《かゆ》では御主人様も飽きてしまうと思うんですが？」

「そうね、食欲も戻ってきたみたいなので、鶏を入れて雑炊にいたしましょう。確か、烏骨鶏が良いと聞きます。鶏舎にいましたよね」

「はい、あの羽の白い鶏ですね」

「それを捌《さば》きましょう。明日は御用商人に鼈《すっぽん》を届けさせるよう、侍女に使いを出させて下さい」

「鼈、滋養に良いと聞きますね」

「どのように使って良いのかわかりませんが、ぶつ切りにして全部入れてしまえば良いでしょう。確か血も良いとか、搾り取った血は最後上にかけて」

「はい、姉上様」

……。

真っ赤に染まった鼈粥が出来てしまった。

大丈夫なのだろうか？

味見をすると、出汁《だし》が良く出ていて美味しい。

見た目は酷《ひど》いけど。

御主人様に出すと、

「んんん？　トマトのリゾット？　げっ、なんだこりゃ？　ん？　見た目とは違って美味しい。あっ、鼈か？」

「はい、鼈の血が良いと聞きまして、最後にかけてみましたのです」

「梅子、生き血はお酒で割って飲むんだよ。料理にかけないでね。ただ、これはこれで美味しいよ。鼈の出汁凄《すご》い美味しいね」

「喜んで貰《もら》えて嬉しいですのです」

「毎日いろいろな雑炊ありがとうね。明日はなに？」

「はい、活《い》きの良い蝮《まむし》が手に入ったので蝮雑炊ですのです」

「……蝮……食べたことないけどなんか体には良さそう、ん～生き血だけは、かけないでね」

「はい、わかりましたのです」

御主人様は私達が作った滋養強壮雑炊を文句も言わずに食べ続けてくれた。

早く元気になって下さいね。

《桜子《さくらこ》視点》

「なにか、滋養に良い食べ物はありませんか？」

今井宗久《いまいそうきゅう》の店を訪ねると、

「お殿様のお加減がよろしくないとか聞き及んでおります。何か、あれば良いのですが」

番頭さんが悩んでいると、

「あんれ、お方様、わざわざ足を運んでいただかなくても、御用でしたら私のほうから登城いたしますのに」

店の奥から今井宗久が出てきた。

「いえ、店に何か良い変わった品がないかと思いましてね」

「そうですか？　ん～あっ、売り物ではないのですが、良い物を先日南蛮人から貰いまして、良かったらそれを持って行きませんか？」

「なんですか？」

「チーズと申しまして、牛の乳から作った食べ物にございます」

「蘇でしたら、城で茶々《ちゃちゃ》様が作っていますが」

「蘇と言うより醍醐《だいご》ですね。火を通していないので軟らかく食べやすいかと。味噌漬《みそづ》けにして私が食べる用にしてあるのですが、大津中納言様に食べていただけるのでしたら、お譲りいたします」

「それはありがたく貰いましょう」

醍醐と言うらしい乳の塊の味噌漬けを持ち帰り御主人様の夕飯に出すと、

「うわっ、今日はなに？　ん？　チーズなのかな？　味噌味がしみていてチーズの味がよくわからないけど？」

お粥と共に気に入ったのか口にしていた。

「今井宗久様が『醍醐』ではないかと申しておりましたが」

「あ～やっぱりチーズだよこれ、へ～手に入るんだ」

「南蛮人から分けていただいたとか」

「なるほどね～、これはこれで珍味で美味しいよ」

「お気に召して良かったです」

御主人様は食欲が湧いてくるのと同時に顔色がどんどん良くなってきた。

本当に良かった。

◇◆◇◆◇

梅が綻び、甘い香りがメジロや鶯《うぐいす》を呼ぶようになる頃、俺はようやく床払いとなった。

やっと部屋から出られるが、お初《はつ》の監視が厳しい。

「まだ冷えるんだから、これ、着ていなさいよね」

熊の皮に綿を詰め込まれた全身着ぐるみが渡される。

今回は城で動きやすいように、少しほっそりとしていた。

二代目実物熊の皮の着ぐるみ。

ゆるキャラやら夢の国の世界一有名な熊さんだ。

あそこは版権が厳しいので名前は出せないあのキャラクター。

リアルな皮を使っているものだから、本物の熊みたい。

見分けがつかないリアルさ、城のなかで熊が歩いている。

刺されても困るので赤い陣羽織を羽織るが、そうなればまさにリアルなプ○さんだ。

「お初、もう大丈夫だから、お江《ごう》は背中でスリスリしない」

「駄目です、桜が咲くまでは許しません」

「お初、お前はきっと良い母親になるな」

お初に言うと顔を赤らめている。

茶々は茶々で俺がしかめっ面で飲む煎じ薬を飲みやすいように、抹茶を混ぜる工夫をしてくれていた。

日頃のお茶を点《た》てる努力が発揮される。

これはありがたかった。

梅子は今日も庭で鶏の首を鉈《なた》で一気に切り落としては、鶏入り雑炊を作ってくれている。

そろそろ、普通のご飯で良いよ。

余震も収束傾向になり、瓦屋根が崩れた本丸天守が直され始めている俺の城、近江《おうみ》大津城はまだ軽微な損傷で、長浜城は全壊で建て直し、安土《あづち》城も天主は傾き建て直しが決まった。

賤《しず》ヶ岳《たけ》城と牧野城は耐震構造&パネル工法の為《ため》、軽微な損傷。

大溝城は半壊、建て直しまでは必要ではないが大規模な修理が必要らしい。

安土城は同じ場所に俺の未来の知識の耐震構造にして建て直すらしいが、現在の崩れかけの安土城の建材は再利用され、破却された観音寺城に安土第二城御殿を建設するとのこと、何かに活用が決まっているらしい。

安土が日本国の最大都市の首都になるべく、再整備が行われることを織田信長《おだのぶなが》は決めたそうだ。

今回の地震で、若狭《わかさ》湾の一部地域に大波が観測され、海に面した村々は被害を受けたらしい。

津波とは違うみたいで、どこかの崖が大きく崩れ、その為、大波が発生したとのことで、限定された地域らしいが、俺の提案である海に面した大都市は避けるべきだと言ったことを裏付けた。

京の都も、内裏と呼ばれる御所が被害にあったらしく、正親町《おおぎまち》天皇は耐震構造で作られていた銀閣寺城の御成《おなり》御殿に入城、仮住まいにした。

形としては違えど、行幸となり織田信長の権威は高まった。

内裏は織田信長の命により全国から大工が呼び寄せられ、建替となった。

織田信長の財力を見せつけることとなったそうだ。


そして、帰雲城。

城は消えた。

ただ、俺の知らせを読んだ織田信長は、すぐに一族郎党すべてを率いて、九州征伐参戦、家族は京の都に人質として出せと、命じたことで城は、ほぼ空。

城主・内ヶ島氏理《うちがしまうじまさ》は急な出陣命令に大変戸惑ったそうだが、それは俺の予言で織田信長が考えた策であったことをあとで知り、感謝し、俺の療養期間に茶々が、その礼の挨拶を受けたそうだ。

そして、山内一豊《やまうちかずとよ》の娘、与祢《よね》も京の都の屋敷で難を逃れた。

あの時、長浜に近づくな。と、言ったのが、このことを意味していたことに気が付く山内千代《ちよ》も、御礼《おれい》に訪ねてきていたそうだ。

何はともあれ、救われた者が多くて良かった。

時間を作り、もう少し陰陽の力の修行をして、占いも得意としたいのだが……。

そう考えるが、俺にはその暇が出来なかった。

地震で動くのは大地だけではなかったからだ。

《山内千代視点》

大津中納言様は、このことを予見していた？

一豊様は森《もり》家の付家老として長浜城への入城が決まって城代となることが決まっていたけど、あの茶々様の手紙で取り消し。

出世の道を邪魔されたのかと憎らしく思ったら……。

もし、正月に出向いていなかったら私達《たち》一家は長浜城で……。

崩れる家屋の下敷き。

そう考えると震えが止まらなかった。

私達、大津中納言様に助けられたのね。

不思議な力を持つと噂《うわさ》は聞いていたけど。

うん、一豊様も黒坂《くろさか》家の与力に入れるようにしなくては。

ただ、今は地震で混乱の最中。

我《わ》が儘《まま》は今は言えません。

いずれ必ずこの御恩を返すべきでしょう。

なんなら、与祢は差し出して、与祢が産む子供に山内家の家督を継がせるようにする手も考えねば……。

「一豊様、与祢の嫁ぎ先、一計がございます。私に任せていただけないでしょうか？」

「千代、与祢には婿を貰ってだな、この山内を継いで貰わねば」

「わかっております。ですが、それよりも与祢を大津中納言様に嫁がせて、産んだ子を山内の跡取りとしたらどうでしょうか？」

「おい、なんでそんなことを」

「私の見立てでは間違いなく、あの方は出世されます。森様より」

「上様側近の森蘭丸《らんまる》様より出世をするというのか？」

「はい、必ずや。ですから、一豊様も森様より大津中納言様の近くで働けるようにお考え下さい」

「う〜難しいの。儂《わし》は槍《やり》働きが得意だからの。大津中納言様は戦にはお出になられないから」

「わかりました。私が働きましょう」

「千代、無理はしてくれるなよ」

「わかっております。すべて、ずいずいっと私にお任せ下さい」

山内一豊、この地震の後、予定されていたように森蘭丸の与力となり、長浜城に入城、城代として、しばらく長浜城の復興が任された。

山内一豊が比較的近い所に置かれたのは、織田信長の俺への配慮であったのを後に知ることとなる。

《奥州伊達《だて》家、米沢《よねざわ》城》

「政宗《まさむね》、儂は隠居の身だが言わせて貰《もら》う。南光坊天海《なんこうぼうてんかい》などと言う怪しき者の誘いに乗ってはならぬ」

「しかし、父上様、このままでは伊達家は天下は望めません」

「馬鹿を申すな。織田様の天下は決まったのじゃ」

「いえ、父上様、第二の明智光秀《あけちみつひで》が現れるやも。聞けば織田信長、数々の裏切りにあって来たとか、なら、今後も」

「ないな。それはない」

「なぜに言い切れるのですか？」

「大津中納言様だ。あの方は織田様を明らかに変えておる。あの方が御側《おそば》にいる限り間違いなく、今までと変わるであろう。織田家そのものを、そして、国のあり方をもな」

「それほどの御仁なのですか？」

「あぁ、計り知れぬ。あの方は儂達の物差では到底測りきれる者ではない」

「だったら、第二の明智光秀は大津中納言」

「馬鹿者、あの方はその様な野望に満ちていないからこそ、測りきれぬと申しているのだ。政宗、もう天下に夢を見るのは止《や》めなさい。どうせなら、この海の彼方《かなた》に夢を見よ」

「海の彼方？」

「そうだ、安土城には大津中納言様が描かれた世界の地図があったが、日の本の国などちっぽけな国、そんな小さな国の長を争うなどくだらん。上様はもう世界を見ている。政宗、お主も世界に目を向けよ」

「世界にでございますか……」

「いつしか世界を渡り、伊達の名前をとどろかせよ。日の本の国で暴れて満足しているような者は、井の中の蛙《かわず》と言うのだ。幸いにして、小次郎《こじろう》が大津中納言様に重用されている。その縁を大切にして大津中納言様とお近づきになるのだ。噂では、何やら大津中納言様は好きな武将に伊達政宗と名を上げたと漏れ聞いた。良いか、政宗、己の野望で付き従うべき者を見誤るな。その見えない右目で、人の心を覗《のぞ》くのじゃ」

「……はっ、父上様。では、幕府方として伊達の名を先《ま》ずはとどろかせて見せましょう」

「うむ、それでいいのだ。留守は儂が預かる。しかと戦ってこい」

◇◆◇◆◇

俺は春が過ぎ去り蟬《せみ》が鳴き始める頃になっても、城で隠居のような生活をしていた。

病気そのものは治ったので、体力回復の為の生活であるが、織田信長から仕事が回ってくるようなことがない生活。

幕府の奉行の肩書があるのにもかかわらず静かな生活。

ただ、陰陽の力を高めたいと修行に比叡山《ひえいざん》の山に入りたいと言うと、お初《はつ》が大変怒り、茶々《ちゃちゃ》達も悲しい顔をするので、大人しくしていた。

もう元気なんだけどな。

天守の瓦も葺《ふ》き直され、亀裂が入った漆喰《しっくい》なども綺麗《きれい》に修復されていた。

《お初視点》

真琴《まこと》様が全快されたので寝所を一緒にした。

順番的には、梅子《うめこ》達より先だったはずだけど、間の悪いことに月のものの日になってしまった。そして、地震騒ぎに、真琴様の病気。少々遅れてしまった。

初めての夜。

「お初、痛かったら言ってね」

優しく抱いてくれる。

こんな暑い夜に、真琴様と抱き合うなんて。

うわ、いっぱい汗が出ちゃう……。

「お初の味」

真琴様は私の汗をペロリと舐《な》めた。

ついつい言いたくなってしまい、

「変態」

真琴様の耳元で言ってしまうと、

「うわ～なんか、めっちゃ萌《も》え～」

真琴様は激しくなってしまった。

萌えじゃなく燃えてない？


「痛い、痛い、痛いってば～」


日頃の蹴りの痛みを返された気分だった。

でも、なんか、幸せ。

不思議……。

好きな人と一つになるって、こんなに幸せなことなんだ。

この幸せ、いつまでも守りたいな。

私は真琴様を陰で支える決意を改めて決めた。

◇◆◇◆◇

《南光坊天海》

ぬはははははははははっぬはははははははははっぬはははははは
ははっ

笑いが止まらぬ。

そうか、そうか、大鯰《おおなまず》は儂に味方してくれるか。
やはり白狐様《びやつこ》が百鬼の者どもを動かしてくれるか？

これぞ好機。

蘆名《あしな》、佐竹《さたけ》、北条《ほうじよう》、里見《さとみ》を動かす。

そして、我が殿もこちらに取り入れて。

これで、織田信長《おだのぶなが》も終わり。

下野《しもつけ》の那須《なす》に封印されし白狐よ、我に力を貸し与え給《たま》え。我にその妖気を。

憎き織田信長を殺す為に力を。

そして、再び戦乱の混沌《こんとん》の日の本の国に。

「頭、黒坂常陸《ひたち》が病の床と」

「ぬはははははははははっ、黒坂常陸が病か、死ねば比叡山も動けるというもの、よし、とどめを刺してくれる、殺《や》れ」

「はっ」

《近江《おうみ》大津城》

「御大将が病の床を嗅ぎつけて現れたか」

頭に命じられて忍び込んだ近江大津城。

失敗だった。

城を警護する者のほとんどが、忍びの術と柳生《やぎゅう》の剣を学んだ者ばかり。

忍び込んだ我が配下五人、あっけなく討ち取られた。

そして、俺は捕まった。

「吐け、誰の命令ぞ、吐かねば痛い目に遭わせるぞ」

そんな脅しはどうだって良い。

忍びとして捕まえられた以上、それは死を意味する。

自決をするとの掟《おきて》は絶対。

くそ、ただ、頭に伝えたい。

黒坂《くろさか》家には絶対に手を出しては駄目だと。

そして、黒坂常陸守《ひたちのかみ》真琴は全快したと。

必死にもがき、懐に忍ばせておいた鳩《はと》を放った。

「おのれ、どこになにを送った」

「宗矩《むねのり》、どうせその者は吐かないでしょう。始末しなさい」

「はっ、茶々様」

その言葉を合図に首を落とされた。

届いてくれ。

届いてくれ。

お頭に……。


くっ、とどめを刺すどころか失敗したか。

まぁ良い。

東で大きな戦が起きれば、比叡山、高野山も再び動き出すはず。

何しろ日の本に眠る百鬼を敵にしたのだからな、織田信長と黒坂常陸は。

東に一向宗門徒も集めて。

大きな火を起こしてくれよう。

先ずは、蘆名の世継にも手を出してと。

◇◆◇◆◇

俺が知らないところで史実通りの、お家跡継ぎ騒動が勃発していた。

蘆名盛隆《もりたか》は1584年突如として亡くなり、その会津黒川城城主の跡を継いでいた、蘆名家第十九代当主亀王丸《かめおうまる》が1586年三歳の若さで疱瘡《ほうそう》により死亡した。

弱冠三歳ではあったが、盛隆の叔父である伊達輝宗《てるむね》が後見人として支えていた。

史実では伊達輝宗は1585年に亡くなっているが、織田信長が天下を掌握したことによって、伊達政宗の強引な領地拡大は行われず、畠山義継《はたけやまよしつぐ》の伊達輝宗誘拐事件は発生しておらず、縁戚関係で築かれた南奥州の秩序は保たれていた。

そんな中での、蘆名家御世継《およつ》ぎ問題が勃発。

家中では養子をめぐって二派に分かれた。

伊達家から養子を迎えるか、佐竹家から養子を迎えるかと。

蘆名家としては、佐竹家も伊達家も親戚筋になる。

そのどちらからか、お世継ぎを迎えると言うのは自然の流れ。

家臣としては自分に都合の良いほうを推挙する。

そのお世継ぎ問題に裁定を下したのは、征夷大将《せいいたいしょうぐん》軍である織田信長。

「伊達小次郎政道《まさみち》を養子とし蘆名の跡取りとせよ」

と、言い渡したそうだ。

幕府が家臣となった蘆名家の主を決めると言う、強い姿勢、権威を見せつけるために。

伊達《だて》小次郎政道、そう、俺が伊達輝宗から預かっている小姓。

伊達小次郎政道十八歳と佐竹平四郎義広《へいしろうよしひろ》十一歳、どちらが大名としての跡継ぎとして相応《ふさわ》しいかは、年齢と、どちらが織田家と親しいかが重要。

伊達小次郎政道は、幕府で要職に就いている俺の家臣となれば一目瞭然。

しかし、それに異を唱えた蘆名家家臣達《たち》は、佐竹平四郎義広を養子に迎えるという暴挙に出たのだった。

これに猛烈に激怒した織田信長は、奥州探題・伊達政宗《まさむね》、羽州探題・最上義光《もがみよしあき》、相馬小高《そうまおだか》城城主・相馬義胤《よしたね》、小田原《おだわら》城城主・北条氏政《うじまさ》に佐竹家と蘆名家の討伐令を出した。

しかし、その強権の発動の織田信長に対して反旗を翻した者が現れる。

北条氏政、宿敵だったはずの佐竹義重《よししげ》と手を結び、反織田信長の狼煙《のろし》を上げた。

幕府に支配されまいと思ったのだろう。

北条には、すぐに滝川一益《たきがわかずます》が挙兵し守りを整え反撃に打って出ようとするが、沈黙している人物がおり率先して進軍が出来ないでいた。

安土《あづち》城屋敷留守居役前田慶次《まえだけいじ》からの使者で、この事態を俺は、遅れて知ることとなった。

「関東が荒れる。戦乱になる。俺の愛する茨城が火の海になる……、茶々、すぐに安土に登城する。支度を」

鬼の形相で言ったのが自分でもわかるが、それにひるまないのが茶々であった。

「はい、すぐに手配を」

「力丸《りきまる》、兵を集めよ。すぐに出陣できるよう仕度してくれ」
「はい、かしこまりました」
指示を出すと近江大津城の登城太鼓は鳴り響いた。
その太鼓の響きは俺の覚悟を心に打つようだった。
時代は大きく変わった。
関東で大戦になる。
長引けば長引くほど関東は荒れる。
俺の故郷、茨城だって……。
関東の地形の知識ならある。
特に茨城の地形なら現状の織田方でなら、誰よりも一番詳しいはず。
それをこの戦いに活用すれば、幾分は戦も短くなるであろう。
だったら、迷わず出るべきだ。
民のため、故郷のために。
戦に恐れて迷うときではない。
災害と一緒だ。
出るときくらい出なければ。
戦乱の世に終止符を打つのは、この戦いなのかもしれない。
織田信長を絶対に勝たさねば。

そんな気持ちが湧きあがっていた。

これは武将としての覚悟だったのかもしれない。

翌日に安宅船《あたけぶね》で安土城に登城すると、織田信長も震災復興という忙しい中にもかかわらず、出陣の支度をしていた。

「常陸、体は良いのか？」

俺の姿を見るとすぐに気遣ってくれた。

「もう大丈夫です。そんなことよりも北条・佐竹・蘆名討伐を始めるのですね」

本題を前置きもなしに言うと、

「あぁ、聞いたのか、東国は北条・佐竹・蘆名・伊達・最上・相馬・南部《なんぶ》など共に任せようと思っていたのにな。この儂《わし》の言うことを聞かない愚かな者が出るとは。儂、自ら出陣して歯向かえばどうなるか目にものを見せてくれる」

本能寺で初めて見た時のような第六天魔王の自称に劣らぬ恐ろしい形相で言う織田信長。

「俺も行きます」

「わかっているのか？　戦だぞ」

「はい、わかっております。俺は戦場は恐《こわ》い、正直参戦などしたくはない。ですが、俺は一城の主にして幕府の奉行、そして中納言でもあります。力ある者が動かねばならない時ぐらいわきまえてます」

「ぬはははははははっ、正真正銘、こっちの時代の人間、いや、武将になったな、常陸。いつかはそうなるであろうとは思っていたがな。常陸は最早《もはや》戦国の武将ぞ、ぬははははははっ」

「思っていた？」

「だからこそ飼っていたのではないか？　この前の地震で陣頭指揮にすぐに当たった常陸ならその日が近いとは思っていたがな」

顔の緊張を緩めて俺の目をしっかり見て言う織田信長は、父が俺に鹿島神道流免許皆伝を言い渡し、一人の剣士として認めてくれた時の目に似ていた。

俺の成長を待っていたということなのだろうか？　いや、武将として育ったことが嬉《うれ》しいのだろうか？

そんなことより、今回の出陣は特別なんだ。

「俺は、自分の故郷が荒廃するのが嫌なだけなんです」

織田信長の目に訴え出ると、

「儂も、この日の本の国の荒廃を憂えて生涯をかけて働いてきたのよ。同じだ、常陸」

そう言うと、織田信長はマントを大きく風になびかせながら、

「ついてまいれ、あの者達に新しき戦を見せてやる。まず行くは、大阪城ぞ」

「えっ？　大阪って信長様直轄の城のはずでは？」

浄土真宗・石山本願寺の跡地は俺の提案で、海城が作られていたはず。

完成は見ていないが、九鬼《くき》水軍大将・九鬼嘉隆《よしたか》が城代として預けられているとは耳にしていたが、え？　まさか？……。

近江大津城に安宅船で一度、帰城し足軽の支度をしていた森《もり》力丸と合流したのち、一度、京の都の銀閣寺城に入城した。

森力丸、真田《さなだ》幸村《ゆきむら》、前田慶次、柳生宗矩、伊達政道が500の兵を連れて同行した。

近江大津城では約3000の兵が集められていたが、織田信長《おだのぶなが》の指示で選《よ》りすぐりだけの人数になった。

蒲生氏郷《がもううじさと》は近江大津城留守居役、氏郷は伊達政宗と会うイベントはないほうが良いだろうと思ったからだ。

銀閣寺城では相変わらず、俺の寝所は銀閣寺そのもの。

銀箔《ぎんぱく》が貼られた銀閣寺、最初は下品だと思っていたが、やはり銀、酸化がすると少しずつ黒ずみ、輝きがなくなり落ち着きが出ていた。

それは計算されつくしたかのように、庭の枯山水と一体化し厳かな雰囲気を出している。

織田信長は、銀閣寺城の御成《おなり》御殿を仮住まいとしている帝《みかど》に拝謁すると、

「日の本を平定せよ」

帝から勅命を強引に出させた。

これにより、幕府が地方大名を討伐と言う大儀だけでなく、朝廷のお墨付きを得た形と

なった。

一晩、銀閣寺城に泊まり翌朝出発をすると、昼過ぎに大阪城に入城、織田信長の案内のもと、最大天守の六階の高欄に連れてこられた。

この大阪城は石山本願寺跡に築かれた城なのだが、想像する大阪城とは大きく違う城。

イメージ的には和歌山城と言えばわかるだろうか？　中庭を取り囲むように作られた連立式の天守を持つ城は、豊臣秀吉《とよとみひでよし》や徳川家康《とくがわいえやす》が作った大坂城とは全く違う物。

丘の上に建つ連立式天守を囲むように二ノ丸、三ノ丸が作られ、陸側には商人町、水路が張り巡らされ小舟が荷物を搬送していた。

そして海側に石積みで作られ突き出したふ頭が存在する海城となっている。

「常陸《ひたち》が申したように、天守は小高い丘に作らせ中庭を配置した。もしもの時は、ここに民達は逃げ込めるようにしてある」

織田信長は騎乗鞭《むち》で眼前を指して案内する。

俺が提案したのは西日本最大都市になる大阪城ではなく、海軍施設として、そして、津波の避難タワーをイメージしたものだ。

それを織田信長と言う男は俺の怪しい知識と言葉をくみ取り、しっかりと形にしてしまうのだから、やはり天才だ。

海を眺めていると、大きな船がふ頭に接岸しようとしていた。

30隻からなる船団。

「あっ、あれは、サン・ファン・バウティスタ号!」

◇◆◇◆◇

サン・ファン・バウティスタ号、それは史実では、伊達政宗が慶長遣欧使節の支倉常長《はせくらつねなが》の一行を乗せて行かせる為に作った船。

俺が宮城県石巻市で見た物は伊達政宗が造らせた船の復元船。

日本で初めて作られた、外海の航行も可能な洋式帆船、南蛮の戦艦だ。

それが今、目の前に30隻停泊している。

サン・ファン・バウティスタ号との大きな違いは鉄貼り、外装は黒光りした鉄の板が貼られている。

織田信長の石山本願寺戦で援軍の毛利《もうり》水軍を蹴散らした鉄甲船は有名だが、それは基本的な構造は和船の軍船・安宅船、今、目の前にある船は竜骨のある洋式の船の南蛮軍船、まさに戦艦だ。

全長:55メートル
最大幅:11メートル
マストは3本有る。

船の片側には12の大砲が砲口を覗《のぞ》かせている。

左右両方合わせれば24門、戦艦と言わずなんと呼べば良い？

「完成していたのですね」

天守から、ふ頭に移り船を見上げながら言う。

「完成して試験航行を繰り返していた。船だけできても航海術を得ていなければ、大海に流れる棺桶《かんおけ》と一緒だからな。それと大砲も常陸の提案した改良物となっておる。威力、飛距離、凄《すご》いのぉ、試し撃ちをしたら宣教師どもが驚いておったぞ」

海に浮かぶ棺桶……確かにその通りだが、たかが三年でこの艦隊を作り上げたのか？

一部資料ではサン・ファン・バウティスタ号も四十五日で完成したと言うのを復元船の博物館で見ているから、さほど時間を必要とはしないことは知っていたが、これほどの数を揃《そろ》えてくるとは。

まさに艦隊、大砲を積んだ南蛮軍船型鉄甲船は新たな時代の幕開けを予感させた。

「これで攻め込む、目にものを見せてくれる」

そう言う、織田信長はまさに覇王の風格。

第六天魔王と、どちらが強いかなどとは愚問か。

よくよく見ると30隻の南蛮型鉄甲船の中にひときわ変わった船が1隻あった。

基本構造的には変わらないが、小さな天守のような物が船の一番後ろに建てられている南蛮型鉄甲船、その小さな天守は金色に光っていて屋根と外壁には銅板が貼られている。

屋根には、龍の飾りつけがされており、遠目に見ると神輿《みこし》か霊柩《れいきゅう》車《しゃ》のように見える。

その船の船首には、黄金色に輝く傘の馬印が飾られており、織田信長が乗船するための船と言うのは一目瞭然だった。

マストの帆は他とは変わらないのは、そこまで目立とうとはしていないみたいだ。狙い撃ちになるからであろう。

他の船も船首には、それぞれの船の大将のだろう馬印が掲げられている。

遠目では見分けがつくのは船尾の小天守ぐらいだ。

「キング・オブ・ジパング号だ」

その船に歩み寄りながら言う織田信長。

「日本の王ですか、良い名の船ですね」

俺が返事をすると織田信長が残念そうな顔をしながら、

「やはり知っているか」

そのくらいの言葉なら高校生の知識があればわかる。

しかし、王を名乗るのか？　俺は良いのだが、朝廷・公家《くげ》が知ったらどうなるのだろうか？

将軍なのだからジェネラルが一番合う言葉なはずだが、やはり織田信長と言う男は日本の国王になることを望んでいるのか？

帝は国家元首と定め、王を織田信長とすることも可能な気がする。

これはいずれ提案するか、そんなことを考えると、

「常陸、お主の兵はそれぞれの船に分散させて乗せろ。この船には追加では20人しか乗れぬ」

そう言うので、俺の兵482人は分散させて乗船させ、キング・オブ・ジパング号には18人の兵士と森力丸《りきまる》と伊達政道《だてまさみち》に一緒に乗船してもらう。

俺の足軽兵は選りすぐりの火縄銃改装備の兵を同行させてはいるが、特別な船乗り経験があるわけではない。

琵琶湖《びわこ》内での安宅船の経験しかなく、あまり役に立てそうにはない。

キング・オブ・ジパング号に乗ると、約200人の兵士が乗っていた。

甲板の下に居室があるが、広いとは言えない板張りの船内。

織田信長の案内で、船尾の小天守みたいな船橋に入ると二層構造になっており、一階が八畳、二階が六畳の畳の書院造りの和の部屋になっていた。

「ここを好きに使え」

一階を俺と森蘭丸《らんまる》、森力丸、伊達政道に使えと言うと織田信長は二階に上がる。

八畳の部屋を四人で使うのはパーソナルスペース的にギリギリだな。

甲板の下で大人数よりは、ましだから文句は言えないが。

二階に上がる織田信長に俺も付いて上がると、信長は開けられた戸から、船員に向かっ

て軍配を振りかざして、

「目指すは北条《ほうじょう》、いざ、出陣」

と、出陣の号令を叫んだ。

1586年7月11日

大阪城を出陣する南蛮型鉄甲船の大船団は、大阪湾を抜け、和泉《いずみ》、紀伊《きい》の陸を左手に側に裸眼でギリギリ見えるくらいの距離を進む。

船は平成の船から言えば、大きめの漁船ほど。

そんな船は、やはり揺れるが初めての戦の参戦のせいなのか、脳内アドレナリンが過剰分泌しているのか、船に弱い俺でも不思議と酔わなかった。

織田信長は、二階の自室に胡坐《あぐら》で座り微動だにしないでいた。

俺はそれを後ろに見ながら、目の前の働く兵士達《たち》を見ている。

この場合、兵士、足軽というより船乗りと言ったほうが良いのだろうか?

しかし、甲冑《かっちゅう》を着ているのだから、やはり兵士なのだろう。

その中でも一人、立派な甲冑、兜《かぶと》の前立てには金色の帆立貝が光っている。

その男がいろいろと指示を出しているように見える。

その男だけをしばらく目で追いかけていると、それを感じたのか後ろから、

「帆立の前立ての男が水軍奉行・九鬼嘉隆だ」

織田信長は目を閉じながら言った。

「なるほど、あの者にすべて任せているのですね」

微動だにしないで指示を出さずにいる織田信長に言うと、

「海の上のことなどわからん。儂《わし》などが指示を出せば混乱するだけ。目標は指示した。あとは任せるのみ」

組織と言うものは、何かと上が口出しをするものだが、実はその頭となる上の者が現場を経験していないことなど多々ある。

そんな未経験の者が口を出せば出すほど、現場は混乱する。

織田信長はそのあたりをよくわかっている。

だからこそ、口を指示を出さないのだろうと、顔を見ていると……。

織田信長、実は船酔いしてませんか？

顔色が珍しく悪く、青ずんでいるんですけど、大丈夫なのか？

気位が高い織田信長だから、触れないでそっとしといてあげよう。

紀伊半島を抜け、伊勢《いせ》、志摩《しま》あたりに進む頃には夕暮れとなり、山肌に太陽が沈みだしていた。

赤く染まった夕焼けの中、陸側にはごつごつした小さい島々が見えるくらいの所まで近づいた。

夕焼けに照らされる島々は、一枚の絵画のよう。

映える写真間違いなし。

俺はそれを耐衝撃型スマートフォンで周りの南蛮型鉄甲船と共に写真に収めた。

そんなことをしていると織田《おだ》信長《のぶなが》は立ち上がり陸側の戸を開け放つと、おもむろに頭を一度下げて柏手《かしわで》を二度パンパン、と鳴らし再び頭を下げた。

なるほど、伊勢神宮の近くなのか？

修学旅行で来るはずだったが、来られなかったな。

そうちょっと懐かしくも思った俺も、同じようにして拝んだ。

織田信長、神仏を信じないイメージが強いが、実は家系は宮司の家系と言うのを何かで読んだことがある。

その為《ため》か、熱田神宮に寄進したり、仏閣の再建だってしている。

一向宗攻めや、比叡山《ひえいざん》焼き討ちで宗教が敵だと言うイメージが定着していたが、実は宗教に対しても合理的な考えで、自分に敵対さえしなければ信仰心はある。

敵対する者はもちろん、神や仏そのものではない。

それを利用した一部の人々、利権と言うのだろうか？　それを利用する一部の者が敵対者となる。

純粋な信仰心なら織田信長は否定しない。

そういう男なのだ。

「戦勝祈願ですか？」

「ほかの者には言うなよ」

夕日が沈んでいく先を見ている織田信長。

しばらく景色を見ていると、下から森《もり》蘭丸が夕飯を運んできた。

船内には竈《かまど》があり、普通に煮炊きが出来る。

森蘭丸は織田信長の船酔いを気が付いているようで、漬物と梅干と焼き味噌《みそ》が載った湯漬けだった。

俺もそれを一緒に食べた。

そんな夕飯でも、腹がふくれ周りが暗くなると船の揺れも相まって眠くなり、一階の居室で夢の世界に入った。


水平線に昇る朝日が部屋を照らし、閉じた眼に白い眩《まぶ》しい日差しが入ってきたので目を開けると、船は錨《いかり》を下ろして帆は畳まれ停泊しているようだった。

陸を見れば、見事な富士山が見えていた。

修学旅行の行きの新幹線以来だな。

富士山、やはり形が良い。

関東平野にそびえ立つ筑波《つくば》山《さん》も美しいが、やはり富士山は別格。

日本人の心に住み着くなにかが感じられる。

富士山をしばらく眺めたあと、

「どうした？」

先に起きていた森蘭丸に停泊の理由を聞くのに声をかけると、

「上様は待っておられるのですよ」

海の上、陸がギリギリ裸眼で見えるかどうかの位置で何を待つと言うのか？

海流？　風？　嵐？

朝飯の握り飯を食べて、一時間ほどしても動きがない。

二階にいる織田信長を覗いてみると、目を閉じ胡座《あぐら》をかいて腕を組み、じっとしている。

その部屋の片隅に座ると、

「常陸《ひたち》、来ると思うか？」

目を閉じながら言う織田信長。

心眼でも持っているのか？

「えっと、何がですか？」

「馬鹿か！」

久々に言われた。

「いや、海の上で何を待つのですか？　風？　嵐？　海流？　夜？　なんだかわからないではないですか」

そう答えるしかない。

織田信長は言葉が短すぎることが多々ある。

何年も連れ添った夫婦じゃないのだから、阿吽《あうん》の呼吸で理解し合える仲ではないと言いたくなる。

「ここは三河《みかわ》沖ぞ」

「三河？　あっ！　徳川家康《とくがわいえやす》」

「そうだ。家康を待っておる。あの男、滝川一益《たきがわかずます》に援軍を命じたら、地震の被害を理由に動けないと断ってきおった。しかし、それは許せぬ。よって僅かな手勢で良いから船を自らだせと命じたのだ」

徳川家康は北条に娘を嫁がせて同盟関係になっている。

この戦いがおそらく日本国内の最後の戦いになるだろうことは、予見できる。

北条と手を結んで、反旗を翻すか、謀叛《むほん》とならないまでも自分に都合の良い条件を引き出させようとするのはどこの家でも必定だ。

「来るとは思いますが、やはり少しでも自分に有利になる条件を引き出させたいはずでは？」

「やはりそうなるだろうな、だがそれは許さぬ」

目を開いて鋭い眼光を陸に向けた。

「なら、脅してみては？　この南蛮型鉄甲船の船団を見せれば四の五の言わないはず」

「よし、動くぞ！　九鬼嘉隆《くきよしたか》、浜松城近くまで船を進めよ」

ひときわ大きな声、船内すべてに響くだけの声で命令を出した。

「はい、かしこまりました」

返事が戻ってくると帆は張られて錨をあげて船は再び動き出した。

遠江《とおとうみ》の浜名湖と天竜川の間のあたりで、陸に近づけ停泊する南蛮型鉄甲船。

海岸線には人だかりができ始めていた。

「大砲弾込め」

命令する織田信長を俺は止めた。

実は大砲の弾には秘密があり、今は使いたくはない。

鉄砲改良のあとその技術は、大砲にも転用している。

さらに、もっと改良をしている。

「信長様、空砲を放てますか？」

海岸線を見ながら言う俺。

「出来るがどうする？」

「しばらく空砲を時たま撃っていてもらえませんか？　江戸時代末期、アメリカ、異国から来た軍船は空砲を放ったと言われています。その音で泰平の世の眠りを覚ましたと言われています。もし、徳川家康が謀反まで考えていないなら、野望の夢から目を覚ますかと。

俺が上陸して使者となります」

俺の言葉に驚いた顔をする織田信長。

「行くのか？　浜松城に」

「はい、徳川家康、知らぬ仲の者ではございません。何度も会っております。北条と内応していたとしても、まさか即、斬ったりはしないと思います」

「家康なら、その心配が薄いであろうが……お市《いち》に常陸のことをくれぐれも頼むと言われている。また、お市を泣かせるようなことはしたくはないのだが」

お市様、ありがとう。でも、たぶん大丈夫。

「動かないとならない時くらい自分でもわかっていますよ。必ず徳川家康を連れてくるので御安心を」

織田信長は腕を組んでしばらく考え、

「蘭丸《らんまる》、力丸《りきまる》、付いて行け。必ず常陸を生きて帰せ、良いな」

信長が命じると森蘭丸と森力丸は、

「かしこまりました」

「この命を身を盾に代えましても必ず」

と、答えた。

出会ったときは美少年だった二人は今では美青年、そんな二人に守って貰うのは少し申し訳ない気がするが。

《織田信長視点》

本当に成長したものだ。

正直、ここまで成長するとは思っていなかったが、この時代に守るべき家族が出来たのが大きいのだろう。

茶々達《ちゃちゃたち》を嫁がせて良かったわい。

常陸、家康を頼んだぞ。

儂は二人とも失いたくはないのだ。な、家康。

儂を裏切ってくれるなよ。

領地が欲しいなら儂にねだってこい。

自らねだってくるなら考えてやるというのに。

昔のように儂が食べていた瓜《うり》をねだったように、いつまでも変わらず弟のようにあり続けてくれ。

小癪《こしゃく》な手段を用いて領地を増やそうなどとは許さぬぞ。

◇　◆　◇　◆　◇

俺が小舟に乗り移ると、大砲は火を噴いた。

空砲ではあったが、大きな音、耳をふさいでいないと脳がしびれそうな轟音《ごうおん》が鳴り響くと、海岸線にいる野次馬が蜘蛛《くも》の子を散らしたように慌てふためき逃げて行った。

空砲作戦は、幕末に来たペリー提督と一緒だ。

ただ、あの時の空砲は敵意がないことや祝砲などで撃たれたらしいと聞いたことがあるが、今回は脅しの道具として使う。

近江《おうみ》大津城に引っ越ししたときのハッタリ火縄銃作戦と近いかな。

海岸線から離れている浜松城からだって聞こえるはず。

高い建物がないこの時代、音を遮る物はない。

遠くまで大砲の轟音は届くはず。

夏の花火大会の音は、意外なほど遠くへ届いていた。大砲の音だって届くはず。

この大砲で脅して出させる。

血を流さないで徳川家康を動かせることが重要なのだ。

俺と森蘭丸、森力丸、他兵士五人が小舟に揺られ砂浜に着岸した。

すると、物陰から待っていたように見事な甲冑《かっちゅう》を着て、手には鋭く光り輝く槍《やり》を持つ人物が現れた。

「本多忠勝《ほんだただかつ》と申します。以前、大津中納言様の屋敷に我が殿と、お邪魔したことがありますが覚えておいでてでしょうか？」

名乗り出てきた人物。

確かに一度二度見ている。

二人で訪ねてきたこともある。

その男は名乗りはしなかったが、本多忠勝、徳川家康の警護にはうってつけの人物だな。

「上様の使者として、三河守《みかわのかみ》様に拝謁を願いたい」

森蘭丸が言うと馬が用意され浜松城へと入った。

まだ敵対しているわけではなく、丁重な案内だった。

浜松城……。

「鹿島神道流改、陰陽道武甕槌《たけみかづちのおおかみ》大神大浄化！

祓《はら》いたまへ清めたまへ守りたまへ幸与《あ》へたまへ、鹿島の神宮におわします、武甕槌大神、我に力を貸し与えたまへ城を取り巻く悪しき気を祓いたまへ、えいっ、えいっ、えいっ」

本能寺に戻ったわけではない。

再びタイムスリップしたわけでもない。

俺は今、間違いなく徳川家康の居城・浜松城に入城した。

大手門をくぐると禍々《まがまが》しく感じた妖魔の気。

それは久々に感じる。

陰陽力、お遊びの技と織田信長《おだのぶなが》に否定されたが封印したわけでもない。

ただ、必要がなかったから使わなかっただけ。

浜松城に入って感じたのは妖魔の臭い。

妖気だった。

森《もり》蘭丸と森力丸は俺が陰陽力を使うのを知っている。

だから、立ち止まってただ見ているが、本多忠勝は戸惑っていた。

奇怪な行動をとったところで槍を向けることは出来ない。

まだ敵ではなく、主家である織田信長から家臣である徳川家康への使者、槍を向ければ直《す》ぐに敵対の行為になる。

どうしようか悩んでいる様子。

それを背中に感じながら続ける俺は、腰の小太刀を抜き地面に突き刺した。

「鹿島神道流改陰陽道武甕槌大神の名において、妖魔封滅浄化邪気退散！」

突き刺した小太刀を懐紙で拭き取り鞘《さや》に納刀し、

「蘭丸、紙と筆を」

筆記用具を出してもらう。

紙に『鹿島大明神』と書き念を込める。

「祓いたまへ清めたまへ守りたまへ武甕槌大神の御神の名で」

と、唱え八枚書いた。

即席のお守り、護符。

「蘭丸、力丸、これみんなの懐に入れさせて」

七枚の護符を渡す。

残り一枚を本多忠勝に渡した。

「やはり、何か取《と》り憑《つ》いていますか？」

本多忠勝は気が付いていた様子で、

「取り憑いているのかはわかりませんが、嫌な気を感じます。まるで明智《あけち》光秀《みつひで》のような。心に隙が生まれれば取り憑かれます。この護符でそれを防ぎます」

「光秀……」

そう小さく呟《つぶや》き、森蘭丸が険しい顔をした。

明智光秀そのものは確かに討ち取っている。

首を斬るところも見ていたから間違いない。

しかし、妖魔を討ち取ったかと聞かれると、俺は気を失ってしまったから断言が出来ない。

新たな宿主を見つけ徳川家康に取り入った可能性だってある。

徳川家康本人に乗り移ったか？　この前の花見ではその様な気配は感じなかったが。

誰だ、妖《あやかし》は？

この関東の乱に絡んでいると言うのか？

あの時しっかりと滅殺出来ていなかったのか？　それとも別の何か……。

そう考えながら歩みを進め、浜松城の御殿に案内され上段の間に腰を下ろした。

《南光坊天海《なんこうぼうてんかい》視点》

ん？　なんだ？　なにが起きた？

儂《わし》が満たしてきた妖気が薄まる。

なぜに薄まる？

妖気で満たして、我が殿……徳川家康《とくがわいえやす》を傀儡傀儡《くぐつかいらい》にしようとしてきたのに。

ん？　なんだと！　黒坂常陸守《くろさかひたちのかみ》自ら乗り込んで来ただと？

飛んで火に入る夏の虫。

討ち取ってくれよう。

◇◆◇◆◇

質素な飾りっ気のない御殿は徳川家康のケチと言うのか無駄遣いをしないと言うのか、なんとも人となりを表す部屋だった。

しばらく待つと徳川家康と二人の僧侶と本多忠勝が部屋に入ってきた。

俺は上段の間の真ん中、右前に森蘭丸、左前に森力丸が座り、その正面の下段の間に徳川家康と二人の僧侶と忠勝が対面するように座る。

俺は元々、徳川家康より位が高いので上座なのは当たり前なのだが、森蘭丸と森力丸も徳川家康の主家である織田信長の使者の役目なので上座になる。

「お久しぶりにございます、大津中納言様」

草木染なのだろう緑色の平服で頭を下げる徳川家康は合戦に出るいでたちではなかった。

緑色の家康……緑の狸《たぬき》などと頭に過《よぎ》り、一人で「くすっ」と、笑ってしまった。

「三河守様、上様の命にございます。出陣を」

徳川家康より上座に座る森蘭丸が言う。

「これはこれは上様も無理なことをおっしゃる。先ごろの地震で手痛くやられたこの徳川に、兵を出せとは」

赤い法衣《ほうえ》を身に纏《まと》った歳《とし》をめした僧侶が言う。

その声はとてもダンディーで、真っ赤な飛行機に乗る豚を思い出すが……。

「そのほうは何者?」

俺が聞くと赤い法衣の僧侶は、

「申し遅れました、私は南光坊天海」

黒色の袈裟《けさ》の僧侶は、「こわっぱー」と、怒鳴りそうな痩せた僧侶。

「以心崇伝《いしんすうでん》と申します」

この二人のどちらかか?

南光坊天海と言えば、徳川家康の家臣の中で謎多き人物だったはず?

徳川家康の青年期の話ではほぼ目にしないのに、本能寺の変の後、突如、側近的になる。

その陰には明智光秀の何かを臭わせる。

徳川家康の遺体を安置する日光東照宮、なぜか、桔梗《ききょう》紋が多く使われたり、明智平などという地名があったりする。

……臭い。

「三河《みかわ》殿、その二人に唆されたか？」

俺が言うと、

「何を失礼なことをおっしゃる」

以心崇伝はあからさまに不機嫌に言う。

「いかに徳川の地が、甚大な被害かは耳にしているはず」

南光坊天海が続けて言った。

俺が黙り込み沈黙になると、海からは南蛮型鉄甲船からの空砲が聞こえる。

「上様をこれ以上待たせると空砲ではなくなります。この浜松城に弾が飛んできます」

「なっ、ふざけたことをこの城まで飛ぶわけがない」

「火縄銃を改造したのは俺ですよ」

話を遮るかのように空砲は続いていた。

「北条《ほうじょう》の領地、切り取り次第の約束を頂けるなら兵をかき集めましょう」

南光坊天海、やはり言ってきたか。

「兵をかき集められるのに、今は出さない、ふざけたものですね。徳川家康、あなたはもはや同盟大名ではない。家臣だ！　自覚がない」

俺は強く徳川家康を目を見て言う。

「ですから、領地を頂けるなら孤軍奮闘しようと言っているのではないですか」

隠し続けてきたようだが、欲という野望を口にしたとき疑いは確信に変わった。

漂う妖気の臭い、それはこの男。

「狐《きつね》、貴様には聞いてない」

赤い僧侶、南光坊天海が口を開くたびに狐の影が濃くなっていた。

犯人だと確信した。

「なにをふざけたことを申しますか、中納言ともあろうお方が」

「ははははは、なぜに俺が信長様を助けたかは知らなかったようだな。俺は妖魔を退治する陰陽の力を使う者、明智光秀に取り憑いた狐、妖魔を祓ったからこそ雇われた。上手《うま》く隠したようだったが欲が臭いを強くしたぞ」

実際はチートスキル陰陽力は織田信長には一笑され否定され、未来の知識が乞われたんだけどね。

「やはり貴様かぁ！　我が別《わ》け御霊《みたま》を討ち取りし者は」

赤い僧侶は立ち上がり懐に隠し持っていた二本の短刀を抜き左右の手に持った。

「飛んで火に入る夏の虫、ここで仇《あだ》を討ってくれよう」

「鹿島神道流改陰陽道武甕槌大神の名において、妖魔封滅浄化邪気退散」

俺が立ち上がり、太刀を抜くと徳川家康は本多忠勝《ほんだただかつ》に首根っこを捕まれ後ろに放り投げられた。

襖《ふすま》にぶつかって倒れる徳川家康は頭を打ったのか気絶した。

「儂も妖しき者と思っていたのだ、えぇい、蜻蛉切《とんぼきり》の錆《さ》びにしてくれるわ！」

廊下の本多忠勝の家臣が槍《やり》を渡す。

森蘭丸《らんまる》と森力丸《りきまる》も抜刀する。

以心崇伝は腰を抜かしたようで尻を床につけたまま後ろに下がろうと慌てていた。

「やはり、常陸《ひたち》の素性を調べ上げておくべきだったか、家康を使って服部半蔵《はっとりはんぞう》に調べさせたが、上手くいかなんだのは失敗だったな。我が手下どもも送ったが帰ってこず、徹底的に調べるべきだった」

鬼の形相で言う南光坊天海。

俺の素性をちょくちょく徳川家康が探ってきていたのは、その為《ため》だったか。

あの時から少しずつ操られていたのか？

「狐、目的はなんだ？」

俺は太刀を構えて、いつでも斬りかかれる体勢を取りながら言うと、

「そうそう狐、狐と言うな。我が名は穴山梅雪《あなやまばいせつ》、武田《たけだ》家再興を望む者よ」

穴山梅雪、武田家の重臣、武田信玄《しんげん》の次女を正室に持ち、武田家御一門衆なのに武田勝《かつ》頼《より》を見限って織田家に降《くだ》った武将の名。

「穴山梅雪、知っているぞ、武田勝頼を裏切った者ではないか？」

「ふははは、裏切るか。織田《おだ》家を中から壊そうと思って内応して降ったように見せていたのに、勝頼様があっけなくやられてしまってな、だったら信長《のぶなが》の首だけでもと思って気鬱の病を患っていた明智光秀に我が別け御霊を乗り移らせ取り憑いたというのに、貴様さえ現れなければ」

両手に持つ短刀を俺にめがけて投げてきた。

「死ねっ」

俺が一刀目を左に避け、二刀目を太刀の束ではじき、一足飛びで間合いを詰めて斬りかかると、南光坊天海は赤い法衣を脱ぎ俺に投げるのと同時に、懐に持っていた数珠を忠勝に投げつける、一瞬の隙をかいくぐり襖を蹴り破り中庭に転がり出る、不意を突かれた徳川家臣の太刀を奪うと、突撃してくる本多忠勝の槍を受け避けた。

一太刀だけで、その太刀は折れると、

「その首、貰《もら》った」

二撃目の忠勝の槍をすれすれにバク転で躱《かわ》した。

「ふははは、今日は本能寺の邪魔をした者の正体を見破っただけで良しとしてやるわ、いずれは貴様の首を獲《と》ってやるぞ、儂が蒔《ま》いた種、刈れるか見ててやる」

ボフッ
煙玉らしきものを地面にたたきつけて煙が出ると姿はなかった。

狐の正体、それは妖魔に魂を売り怨霊と一体となった穴山梅雪。

すぐ近くまで接近したことで、陰陽の力で見えた正体。

それがどういうわけか、南光坊天海などと言う僧侶になり、徳川家康に近づいたかは本人を起こして聞くしかないのだろう。

南光坊天海が消えてからようやく目を覚ます徳川家康は、後頭部を痛そうに押さえていた。

「うー、痛たたたたたたた」

後頭部を押さえながら立ち上がる緑の狸、徳川家康は本多忠勝を睨《にら》んでいた。

そりゃそうだろう、家臣が投げ飛ばしたのだから。

「馬鹿力め、手荒なことをしおって、で、なにがどうなった？」

本多忠勝に聞くが俺が答えてやる。

「南光坊天海、あれは怨霊に魂を売った者、それを側近にされておくなど、どう言った経緯なのです？」

「ご説明いたします。しかし、打ち付けられた頭だというのに、何やら不思議と今までかかっていた靄《もや》が晴れたような、清々《すがすが》しい、不思議な気分だ」

徳川家康は深呼吸をしていた。

妖気から解放されたのだろう。

このまま妖気をまとい続けていたなら、徳川家康は第二の明智光秀になっていたかもしれない。

本多忠勝は持ち前の戦闘力で撥《は》ね除《の》けていたのだろう。流石《さすが》、戦で一度も傷を受けたことがないと言うだけある。

南光坊天海のいきさつを徳川家康に聞くと、配下になっていた穴山梅雪とは一度、本能寺の乱のおりの混乱で伊賀《いが》越えの最中に離ればなれになり、約一年近くして、剃髪落飾《ていはつらくしょく》した姿に変わって浜松城に現れたとのこと。

すでに穴山梅雪の所領、城、住む場所もなく、また逃げた武将などには行き場がなかったため、僧侶として側近に雇うことになったと説明をしてくれた。

その南光坊天海の意見を取り入れて今回、兵を出し渋り、北条の領地、切り取り次第の約束を得てから出陣しようと言うつもりだったとのこと。

すべてを話したとは思えないが、この乱に乗じて勢力圏拡大を図ったのだろうと推測できる。

「三河殿、信長様には俺からも説明いたしますので早く船へ」

「上様はお怒りであろう、秀忠、秀忠はおらぬか」

徳川家康は秀忠を呼ぶと、甲冑《かっちゅう》姿で隣の部屋に控えていた若武者が襖を開ける。

若武者と言うより、まだ子供だ。

隣の部屋には抜き身の刀、槍を携えた者が三十人ほどいたが、俺達《たち》の様子や忠勝がジェスチャーで刀を置けと指示すると皆持っていた刀、槍を床に置き掌《てのひら》を床につき土下座をして敵対心がないことを示した。

「父上様、いかがいたしましょう」

三つ葉葵《あおい》の家紋の前立ての兜《かぶと》を被《かぶ》った若武者が言う。徳川《とくがわ》秀忠なのだろう。

「これより上様に拝謁するが、帰ってこられるかはわからぬ。頭と胴が離れ離れになって帰城するやもしれぬが、秀忠、いかなることが起きようとも織田家に仕えよ。まずは酒井《さかい》忠次《ただつぐ》、榊原康政《さかきばらやすまさ》、井伊直政《いいなおまさ》と共に北上し北条を攻めよ。忠勝、そちは儂《わし》と上様の船ぞ」

徳川家康《いえやす》が命令を出した。

「かしこまりました、すぐに小田原《おだわら》の城に向かいます」

秀忠の言葉に、ため息を吐《つ》く家康。

「あのような城を力攻めにしてどうする、まずは周りの城を攻め落として裸城にするのが定石、滝川一益《たきがわかずます》殿と連絡を密にとって連携して攻めよ、そして包囲する、良いか」

いや、徳川家康、こんな子供に無茶を言うなよ！　と、ツッコミを入れたくなるが、それを補佐するのが、名高い徳川四天王なのだろう。

小田原城の攻めにくさは流石に有名なのだろうが、この戦いは今までの常識を覆す戦いになる。

総構えなど屁《へ》でもない。

「三河殿、秀忠殿、陸を進む兵は無理はしなくて良いです。着実に支城を落として下さい。小田原の城は信長様の艦隊が落としますから」

俺が言うと二人は、不思議なことを聞いたかのような顔をしている。

「まあ、近々見れますから」

軽く笑って俺は言った。

徳川家康は黄金の、のっぺりとしているのにやたら派手な甲冑を身に纏《まと》うと、自らが持っている旧式の日本式の軍船である安宅船《あたけぶね》を港から出した。

安宅船には三つ葉葵の旗と厭離穢土欣求浄土《おんりえどごんぐじょうど》の纏《まとい》、そして金扇の大馬印を高々に掲げていた。

ここに家康はいますぞっ！　と、織田信長にアピールしているかのようであった。

俺達もそれに同乗し帰艦する。

勿論《もちろん》、敵対ではないことを示すために、徳川家康は自ら艦首に立つ、ふらふらしている家康の腰を忠勝ががっしりと押さえていた。

映画で見たことあるような気がするが、なんかいまいち萌《も》えない。

おっさん同士でタイタニック号ごっこですか？……オッサンズラブ？

俺しかわからないネタで一人大笑いをする俺に森《もり》蘭丸と森力丸の兄弟が、冷ややかな視線を送ってきた。

徳川家康、生きるか死ぬかと言う時に「不謹慎な」と、言いたいのだろう。

でも、きっと大丈夫だよ。

要らなくなった者を待つ織田信長ではない。

だから、徳川家康は怒られて終わりくらいだよと、内心、俺は思っていた。

浜松の沖で停泊している織田信長が乗る、キング・オブ・ジパング号に船を隣に着ける。

キング・オブ・ジパング号に乗り移り、俺が帰還の挨拶をしようとすると織田信長は俺を払い避け、

「遅い、家康」

どなりつけ抜刀し徳川家康の首に太刀を当てる。

「申し訳ありませんでした。この家康、上様に付いて行くのが恐ろしくなりました。今後、この日の本の国はどうなってしまうかと思い悩みました。その心の隙を狐に憑《つ》かれてしまったようで今まで少々おかしかったようです。しかし、その様になったのは私の至らなさ。どうか、この首をお打ちになって徳川家は許していただきたく。徳川の兵は秀忠に任せ、滝川殿と連携するよう命じてきました」

「ぬはははははっ、そうかそうか、だが斬らぬぞ、家康、貴様にはまだまだ働いて貰う、この国の穢《けが》れを消し去り民人が住みよい国になるまではな」

と言って、厭離穢土欣求浄土の纏に向けて抜いた太刀を向けた。

そう、織田信長が目指しているのは単純なこと、この国の乱世を終わらせる。

ただそれだけなのだ。

その為ならどんな方法も厭《いと》わない。

だからこそ、武力で天下を治める天下布武であり、朝廷をも利用しようとする征夷《せいい》大《たい》

将軍《しょうぐん》受任なのだ。

徳川家康はひれ伏し涙をこらえているようだった。

この後、家康は自分の安宅船に戻ることを許され、織田信長が率いる南蛮型鉄甲船艦隊の一番後ろを付いてきた。

《織田信長視点》

「常陸、よくぞ連れてきた」

常陸を褒めると、

「貰っている給金分、働いただけですよ」

謙遜していた。

まあ、そう言うことにしておこう。

しかし、またしても妖魔……。

この日の本の国は妖魔に侵されていたから戦乱の世が続いたのだろうか？

それとも、戦乱が妖魔を呼び寄せたのだろうか？

いや、憎悪・妬み・殺戮《さつりく》、強奪、裏切り、有りと有らゆる悪が繰り返されてきた日の本の国、その怨念が生み出したのかもしれぬ。

いずれにしても一掃しなくては。

この日の本を下々の者が安心して暮らせる国にしなくては。

狐《きつね》……妖魔……。

長く続いた戦乱の世。

人々は常に何かしらを恐れ、そして争い、裏切り裏切られ戦で死んでいく世。

信じて良いはずの家族だろうと、疑わねばならぬ世は、闇を作り闇を生む。

その闇を好物とする物、妖魔。

御祖父《おじい》様からは、そう伝授されたが……。

この戦乱の世を終わらせる為には妖魔との戦いは続くのかもしれぬな。

その力を利用した南光坊天海《なんこうぼうてんかい》、いずれ必ず滅殺封印しなければ……。

◇◆◇◆◇

伊豆《いず》半島を左側に眺めながら進み、伊豆半島と大島の間を通っている頃、甲板があわただしくなった。

「敵です、敵の船が前方に見えます」

叫んでいるので前を目を細めてよくよく見ると、確かに水平線に蟻《あり》の大群が浮いているかの如《ごと》く船が見えていた。

「右舷前進、横一列となり迎え撃つ、大砲弾込めぇえ」

九鬼嘉隆《くきよしたか》が軍配を高々に掲げた。

織田信長《おだのぶなが》は自室でただただ胡坐《あぐら》をかいて目を閉じている。真っ青な顔をして。

信長様、やっぱり船酔いしてますよね？

俺はその姿を後ろに見ながら二階から耐衝撃型スマートフォンで甲板の様子、敵艦隊の様子を撮影している。

こちらの南蛮型鉄甲船には片側に12門の大砲、左右合わせて24門の大砲を積んでいる。

それが30隻なのだから７２０門の大砲がある。

そして、火縄銃改も大量に発射できる狭間《さま》があるが、艦首を敵に向けていたら砲撃が出来ない。

その為《ため》、横に並んで大砲を撃つことになる。

相手がどのような兵装をしているかがわからないが、想像の範囲内なら旧式の大筒を撃つか、炮烙《ほうらく》を投げてくるか、もしくは火矢が関の山。

距離としてせいぜい50メートルが良いところだろう。

旧式の船の戦いは船と船をぶつけ乗り移って甲板で戦うのが基本的だ。

しかし、こちらは違う。

フランキ砲とライフル砲。

もともと織田信長が一向宗石山本願寺攻めで使用した鉄甲船は最新式の青銅でできたカートリッジ型の弾を後ろから詰める後装式砲のフランキ砲なのだが、火縄銃の改良に合わせて大砲も改良を試みた。

俺の未来知識で改良された大砲。

その結果、出来上がったのが、砲身内に螺旋状《らせんじょう》のライフリングを施したライフル砲に近いものだった。

しかし、このライフル砲は前から弾を詰める前装式砲で連射が出来ないと言う弱点がある。

そして数も揃《そろ》えられなかった。

青銅製ではなく鉄製の大砲の為、多くの鉄を必要としたからだ。

そこで各艦に左右に2門ずつライフル砲を搭載、一艦4門をライフル砲とし、残りの20門を元来ある後装式フランキ砲とした。

ライフル砲は射程距離およそ1000メートル。

流線形の鉛でできた弾が発射される。

射程距離、命中率がフランキ砲に比べて大幅に向上している。

フランキ砲だって改良していないわけではない。

元々のフランキ砲の鉄弾だと射程距離は300メートルから400メートルぐらいだったが、弾を花火のように紙にくるんだものも作った。

もちろん運動エネルギーとしての破壊力は落ちるが、弾の中身に石や鉄を火薬と共に詰め込んだ炸裂《さくれつ》式の砲弾にした。

軽量化した分、射程距離は600メートルほどに延びた。

そうこうと大砲の説明をしているうちに敵の船団がすぐそこまで見え始める。

敵の船団は、北条《ほうじょう》の三鱗《うろこ》と、丸に二引きの里見《さとみ》家の家紋が見えた。

北条の水軍と里見家の水軍の船は、やはり旧式の日本式軍船の安宅船と関船と小早と呼ばれる小舟の船団だ。

旧式といえども数は明らかに、こちらより上回っている。

大小合わせて300から400隻はあるだろうか、こちらは南蛮型鉄甲船30隻と、おまけの徳川家康の安宅船1隻。

敵としては数で勝ったと喜んでいることだろう。

しかし、冷静にこちらは九鬼嘉隆が軍配を高々と掲げると法螺貝《ほらがい》が鳴り響いた。

軍配を勢いよく振り下ろすと、太鼓が鳴った、と、同時に衝撃が体を揺らす。

鼓膜をビリビリとさせ脳まで揺らした。

あまりの轟音《ごうおん》は鼓膜から脳を震わせ頭の中がむず痒《がゆ》くなるほどだった。

脳が震える！　と、頭を抱えて言いたくなるほどの音と衝撃。

耳をつんざくような音。

それが一斉に30隻からなる艦隊から鳴り響く。

30隻の南蛮型鉄甲船の大砲360門が一気に火を噴いた。

白い煙があたりを真っ白にするが、すぐに海風に吹かれて消えると、敵の艦隊が沈没したり燃えたりしているのが見えた。

さらにまた、軍配を振り上げる九鬼嘉隆、五分ほど待ち振り下ろす同じことを三度繰り返した。

計1080発の弾が敵艦隊に降り注いだのだ。

敵よりも射程が長い大砲を備え、横一列で構えている艦隊に突っ込んできた敵艦隊は格好の餌食。

攻撃してくる前に海の藻屑《もくず》と化していた。

海上決戦はあっけないほどの勝利で幕を閉じた。

海の藻屑となり、まさに蟻のように浮いている敵の兵士に流石《さすが》にとどめの火縄銃斉射などはしない。

伊豆大島も伊豆半島も見えるのだから、船の残骸に摑《つか》まりながら泳げば、助かる可能性もあるだろう。

あとは自力で助かってくれ。

皆殺しを選ばない理由は一つ大きな理由がある。

それは負けた兵士がうちの艦隊の恐ろしさを広めてくれることだ。

あっけないほどの戦いをきっと、嵐にでもあったかのように尾ひれを付けて吹聴《ふいちょう》してくれるだろう。

それはいずれ伝説的な戦いとして広まる。

そうなれば、今後の統治への影響は大きく良いほうに傾くだろう。

織田家には逆らうことが出来ないほどの海軍力があると広まれば……。

相模湾《さがみ》をひたすら進むが小田原《おだわら》に近づいた所で夕暮れになる。

その為、一度わざわざ陸から離れる。

夜襲の可能性も考慮してとのこと。

九鬼嘉隆が織田信長の居室にそう言いに来たのを俺も同席して聞くと、

「うむ」

と、だけ短く答える織田信長の顔はやはり真っ青。

間違いなく船酔いだ。

口を開けばなにか出てきそう。

代わりに俺が、

「では、明朝、小田原城に海上から砲撃いたしましょう。上陸戦はこちらには不利なので」

九鬼嘉隆に指示を出すと織田信長も頷《うなず》いている。

小田原城の総構えは海側にもしっかり土塁が盛られている。まさに鉄壁の要塞。

しかし、海上からの砲撃など予想していないだろう。

砲撃を想定しているほどの高さの土塁ではない。

基本的に、敵の侵入を拒む為の土塁だ。

土塁は基本的に高くても3メートルの高さほどの城がほとんど、小田原城も例外ではないはず。

こちらはそんな高さなら問題ない。

こちらの装備はと言えば、軽く二百年後を超す未来の装備なのだから。

鉄甲船にライフル砲、そして改良型フランキ砲。

それに対抗する為の城となると、戦国時代の様式の城では駄目、それこそ江戸の幕末に造られる五稜郭《ごりようかく》の様式が理想的。

さらに、高い土塁壁を必要とする。

今までの常識の城郭ですら、この戦いで否定することとなる。

夜になり俺が横になっていると、火縄銃改の発砲音が何度かあった。

どうやら予想通りにかき集めた漁船で夜襲を狙ったようだが、火縄銃改の斉射により近づくことすら出来なかったようだ。

太陽がまだ水平線から出てこないが、明るくなる四時頃船は動き出した。

小田原城の射程距離になる海岸線に。

流石に船に慣れたのか織田信長も南蛮甲冑《かっちゅう》を身に纏い甲板に立っていた。

昇る朝日を背にすると、照らされた織田信長は真っ赤に輝いているようだった。

俺は自室の戸から隠れるかのようにしながら、耐衝撃型スマートフォンで一部始終を録画しようと試みた。

この戦いは日本で初となる戦いと予見できたからだ。

キング・オブ・ジパング号を先頭に一列に海岸沿いを30隻の南蛮型鉄甲船が並ぶ。

約3キロメートルを一列に。

合図の花火が上がると、船員達《たち》は砲撃の準備に取り掛かる。

織田信長が軍配を右手に持ち高々に手を挙げる。

法螺貝がけたたましく鳴り響く。

「撃て！」

それこそ小田原城に聞こえるのではないかと言うくらいの声量で、砲撃の指示を出す織田信長。

軍配が勢いよく振り下ろされると、合図の太鼓、法螺貝と共に３６０門の大砲が一気に煙をあげる。

その音はまるで雷鳴のように響き渡った。

富士山に音がぶつかり返ってくるのではないか？　と、思わせるほどに。

第二射は準備の出来た大砲から次々と撃たれた。

約一時間、早朝の砲撃は続いた。

1586年7月14日早朝

『その時、歴史は動いた！』


俺の脳内で公共放送のアナウンサーの渋い声が聞こえた気がする。

艦砲射撃による陸への攻撃、戦争の様式を一気に変えたのだ。

鉄壁の要塞と言われた小田原城は、あちらこちらから、火の手が上がり大炎上をしているのが見える。

あの軍神・上杉謙信《うえすぎけんしん》すら落とせなかった城を織田信長は数時間で火の海に変えた。

城攻めを得意とした豊臣秀吉《とよとみひでよし》も大軍勢を配置して、何ヶ月もかけて落とした城。

今の織田信長にとっては、まさに『朝飯前』の、言葉がピッタリ当てはまるほどの容易《たやす》さだった。


俺は身震いがし立ってはいられなく、膝から崩れるが織田信長は、その様子をしっかりと目に焼き付けているようだった。

《徳川家康視点《とくがわいえやす》》

なんと言うことだ。

これ程までの威力……。

大津中納言殿のお言葉は絵空事の脅しではなかったのか。

あのまま南光坊天海《なんこうぼうてんかい》に取《と》り憑《つ》かれたままだったら、浜松の城は同じ運命に。

信長《のぶなが》様に付いて行く恐ろしさに迷ってしまい、心の隙が生まれた。

そこを突かれて憑かれかけた。

織田《おだ》信長と言う男に付いて行くことを迷ってはいけない。もう迷わない。

あまりにも突飛すぎる男に、恐怖を感じてきたが、日の本の国をまとめるのは信長様。

戦乱の世を終わらすのには、誰もが恐れる恐怖が必要なのだろう。

そして、黒坂常陸守真琴《くろさかひたちのかみまこと》に逆らってはならない。

あの二人は敵には出来ない。

天賦の才を持つあの二人は、凡人には倒せない。

「半蔵《はんぞう》、大津中納言殿の監視は最早《もはや》止めよ。手出し一切してはならぬ。良いな」

「はっ、南光坊天海の配下が暗殺を試みたときも監視しておりましたが、黒坂家の忍びは恐ろしい使い手揃《ぞろ》い。私が忍びましても、返り討ちになるかと。殿、あの御仁には絶対の秘密があります。だからこそ、織田信長は、忍びの家臣を持つ者達を与力にしたのかと」

「うむ、わかっておる。なにか底知れぬ秘密を持っておることは。だが、もう良い。これより儂《わし》は、織田信長、そして、黒坂常陸守には絶対に刃向かわぬ。それが徳川を残す為の策」

「はっ、家臣一同徹底させます」

◇◆◇◆◇

炎上する小田原城をただひたすら見ていると、夕暮れ近くになって火が少しずつ収まり、夕日に照らされながら小舟が一隻近づいてきた。

もちろん砲撃の準備がされるが、どうやら使者であるようで、小舟には甲冑を着ていない漕《こ》ぎ手と、一人の僧侶が乗って近づいてくる。

船首には北条家の三鱗の旗が掲げられていた。

「北条氏政《うじまさ》からの使者、板部岡江雪斎《いたべおかこうせつさい》と申します。大将に御目通《おめどお》りをお願いいたします」

遠くから声を張り上げて何度も言っていた。

「お使者殿、こちらに着かれよ」

兵士が声を出し誘導する。

キング・オブ・ジパング号に着船して乗り込んで来ると、九鬼嘉隆《くきよしたか》が身体検査をしたうえで俺達の居室に案内された。

織田信長はと言うと、砲撃が一段落のち、一時間ほど燃える小田原城を眺めた後、上の居室で横になっている。

森蘭丸《もりらんまる》の膝枕で。

居室に入ってきた板部岡江雪斎は俺の前に座った。

どうやら先に俺が対応しなくてはならないようだ。

「北条《ほうじょう》氏政が使者、板部岡江雪斎にございます」

「中納言黒坂常陸守真琴にございます」

名乗ると、少しひるんだ様子を見せて、

「この艦隊はかの有名な大津中納言様の軍にございますか？」

「違います。上に信長様がおわします。信長様直属の艦隊にございます」

「なっ、なんと、織田信長公自らこの船にですか？」

「はい、これほどの戦力をほかには任せられませんからね。で、取り次ぐ前に使者の御用を私が承りましょう」

「はい、北条は降伏いたします。ですが、相模、武蔵《むさし》の領地の安堵《あんど》をしていただきたい」

降伏の条件を言ってくるのは当然のこと。

ただ、二国もとなると受け入れられる条件ではない。

「それは戯れですか？　風前の灯火《ともしび》の北条に、なぜにそのように多くの領地を安堵せねばなりませんか？　信長様はこの度の乱を大変ご立腹、北条家を根絶やしにするおつもりですよ」

「申し訳ありませんでした。徳川殿の南光坊天海に反乱の同盟を持ち掛けられ、このようなことに、本当に申し訳ありませんでした」

ひたすら謝る板部岡江雪斎。

「知っていますか？　南光坊天海は妖《あやかし》、つい先日、徳川家から追い出してやりました。だから、ほら、見て下さい三河《みかわ》殿もこの船団の後ろに付いてきていますよ」

戸を開け徳川家康の馬印と旗印が掲げられている安宅船《あたけぶね》を指さし教えてあげた。

「儂達は騙《だま》されたのか……徳川殿は必ず謀反を起こすと約束していたのに。南光坊天海、おのれー」

床に拳を叩《たた》きつけ悔しがる板部岡江雪斎、狐《きつね》につままれたとはまさにこのことだろう。

「北条氏政の首を差し出し、北条氏規《うじのり》を当主とし伊豆《いず》大島一島を領地とする。これが降伏の条件じゃ、と、上様が申しております」

そう言いながら森蘭丸が上から降りてきた。

「だ、そうです。城にもちかえり協議して下さい。明日の昼までに返事がなければ小田原の城だけでなく、相模、武蔵の沿岸はことごとく火の海になりますよ。そのあとは陸を進む大軍が次々に押し寄せます」

少し脅すと板部岡江雪斎は真っ青な顔をして、

「わかりました。直《す》ぐに直ぐに城に戻り返答を致します」

慌てて下船した。

翌日の朝、北条氏規が北条氏政の首を持参した。

城に戻った板部岡江雪斎の話を聞いた家中は直ぐに降伏すべしと話が出たらしい。

南蛮型鉄甲船の艦砲射撃には物理的な破壊力より、心をくじく力が大きかったようで徹底抗戦の考えは全くなかったようだ。

籠城しようにも頼みの綱である小田原《おだわら》城が燃え、裸城同然なのだから、そうなるだろう。

民のことを思えば、沿岸が火の海になると脅されれば、もう降伏を早くするほかない。

その脅しが実行可能だと身を以《もっ》てわかっていればなおさら。

こうして、関東の覇者北条家は伊豆大島一島を領地と残し完全に織田家に屈服した。

《織田信長視点・小田原城攻め少し前》

降伏など許さず皆殺しにしてしまいたいところだが、常陸《ひたち》には考えがあるようだった。

「信長様、この戦が終わりましたら、少々人を送りたい地があります。今は勿論《もちろん》、倒すことのみが重要ですが」

「ほう、どこへ送りたいのだ？」

「北方の地を確実に日本としたいのです。俺が描いた地図で言うと、北海道、樺太《からふと》、千島列島など蝦夷《えぞ》と呼ばれる地」

地図を指し示しながら言うと、

「ずいぶん北の土地だな」

「はい、開墾に時間と根気、そして労力が必要ですが、大名を置きたいのです」

「ならば、この戦いで降伏してくる者を少々残しておくか」

「はい、お願いします」

この戦いの先を見ている常陸の意見を無下にすることも出来まい。

北の大地か。

後々、そこに転封をさせる為《ため》のことを考えておくか。

◇◆◇◆◇

小田原城艦砲射撃に、北条降伏のあと南蛮型鉄甲船は、補給をかねて一度西に戻り徳川家康の領地の駿府《すんぷ》城沖に停泊して、俺達は駿府城に入城をした。

もちろん、何かあれば直ぐに砲撃が出来るよう九鬼嘉隆は船に残り、本多《ほんだ》忠勝《ただかつ》と駿府城にいた徳川家康の子、秀康《ひでやす》が代わりとして人質にキング・オブ・ジパング号に乗り込んだ。

この時代線の不思議なところで、武将の名前は俺が知る名前だ。

家康の次男・秀康は史実では羽柴《はしば》秀吉の養子になるから『秀』の字を貰《もら》って『秀康』と言う名なのだが。

そして、結城《ゆうき》家に養子に入り『結城秀康』になるのだが、秀康は松平《まつだいら》の姓を名乗り、跡取りとしては秀忠が指名されていた。

今は駿府城の城代として入っていたそうだ。

駿府城は徳川家康が新たな拠点として築城途中の城、そこで物資を運んでくる森坊丸《ぼうまる》を待っている。

「しかし、質素な城よなぁ、家康、少しは金をかけろ、今後ここは東国と西国を遮る城となるのだぞ」

織田信長は徳川家康に注文を付けていた。

「でしたら、領地を下さい」

「ぬはははははははははっ、それで良いのだ。領地が欲しければ自らねだってこい。小癪《こしゃく》なことを考えずねだってこい。昔、瓜《うり》をねだったようにな」

明らかに織田信長は徳川家康を許している会話をしていた。

砲弾はまだ尽きてはいないが、これから安房《あわ》、上総《かずさ》、下総《しもうさ》、常陸へ行くには十分な準備が必要。

艦砲射撃という新しい戦術を繰り返してこの乱を治めるのには余裕が必要。

それと陸路を進軍している軍も、敵の城、特に内陸部を制圧するためには必要だった。

三日ほど駿府城に滞在すると、先《ま》ず徳川秀忠軍３８０００が着陣する。

さらに次の日には、織田信澄《のぶずみ》が総大将として率いる織田軍4600０が着陣した。

その織田軍には森坊丸が率いる補給部隊もおり、南蛮型鉄甲船に砲弾・火薬・食料などが積み込まれた。

「信澄、陸路を北上し北条の各地の城の受け取りをして参れ、秀忠、甲州から来る滝川一益《たきがわかずます》と共に里見《さとみ》、佐竹《さたけ》攻めを始めよ」

織田信長は命令を出す。

「はっ、かしこまりました」

「里見、佐竹など、この徳川の兵にとっては物の数ではございません。直ぐに平らげてくれましょう」

徳川秀忠の返事に徳川家康は呆《あき》れ顔。

「秀忠、力攻めとなれば兵の被害はこちらにもある。佐竹攻めとなれば蘆名《あしな》連合軍との大決戦もあるのだ。兵を温存しながら着実に進め」

徳川家康が秀忠を叱っていた。

秀忠は、まだまだ子供、一軍を任せるには若年過ぎだな。

年齢を確かめるとまだ七歳だという。

うん、無理があるだろっと言いたいが、戦国時代たまに総大将として、お飾りとして出陣させられるらしいから、それなのだろう。

その為か功を焦っているようにすら見える。

補佐する徳川《とくがわ》四天王も大変だな。

準備は整い、平成で言う千葉県に向けて南蛮型鉄甲船が出発しようとしたとき、房総半島の覇者、里見義康《よしやす》本人が、駿府城に登城してきた。

「降伏、致します」

「で、あるか」

織田信長《おだのぶなが》は短い返答をする。

「安房の国の二郡の領地を与え、それ以外は没収とする」

「そっ、それでは我等《ら》は食べては行けません」

慌てる里見義康、おそらく安房一国と上総の一部の領地ぐらいはと思っていたのだろう。

平成の千葉県はこの時代、安房、上総、下総の三国に分けられている。

その中の安房の二郡と言うのは極めて少ない領地。

大名から一気に豪族レベル落ち。

「ならば、領地に戻り徹底的に戦えば良かろう。そして、滅べ」

無慈悲な答えを言う織田信長。

房総半島は東西を海に囲まれ、東西から挟んで艦砲射撃をし、山に逃げた兵を大軍を以《もっ》て攻め入れば、さほど時間を必要とはしない。

先日の艦隊決戦の件、そして、小田原城艦砲射撃による砲撃の噂《うわさ》は里見義康だって聞いているはずだ。

そして、今、駿府城には84000の大軍が集結している。
さらに、甲州にも滝川一益が率いる大軍がいる。
北には蘆名、佐竹と戦っているが伊達《だて》、最上《もがみ》、相馬《そうま》、南部《なんぶ》の織田方の大軍がいる。
越後《えちご》の上杉《うえすぎ》も出陣の仕度を調えていると耳にする。
長い目で見れば遅かれ早かれ負けが濃厚。
滅ぶか？　小領地で細々と生き延びるか？　の、選択しかない。
「くっ、く、……わかりました。仰せのままに」
里見義康は小領地で生き延びる道を選んだ。
賢明な判断と言えよう。
この戦いがすべて終われば里見家も北の大地行きに加えよう。
残る大きな敵は、常陸の佐竹、磐城《いわき》の蘆名のみだ。

《お市《いち》の方視点》

兄上様からの手紙……常陸様が大層なお働きをしている。
なるほど、また陰陽の力で助けられましたか。
しかし、常陸様はまだまだ武将という修羅の道は知らないはず。
大丈夫だと良いのですが。

身を守るためと言う大義名分がある人斬りをしてしまったくらいで、病んでいたのですから。

「茶々《ちゃちゃ》、常陸様はきっと無事に帰ってくるでしょう。兄上様には先陣には絶対に出すなと返事は書きます。ですが、戦場は必ず見ることになるでしょう。そうなれば……わかりますね」

茶々に言うと、

「はい、母上様、真琴《まこと》様をまた慰めないとならなくなるのはわかっております。きっと戦場と言う地獄を見れば心を病むでしょう。私達《たち》は小さいときからそれが当たり前の世で育った為、慣れすぎてしまっていますが、本来慣れてはいけないこと。真琴様が正常なのです。きっと、お優しい真琴様には辛《つら》い戦いになるはず。ですが、今は私だけではありません。お初《はつ》も桜子《さくらこ》達もおります。何があっても必ず支えて見せます。皆で足を念入りに手入れしておかなくては、舐《な》められても良いように」

力強い答えと、最後に冗談交じりに余裕を見せた返事が返ってきた。

茶々も成長したのですね。

娘達の成長に常陸様が良い影響を与えたことに嬉《うれ》しく思いながら、兄上様に必ず生きて常陸様を帰すよう手紙を書いた。

第四章　常陸の戦い

1586年7月14日

織田軍南蛮型鉄甲船が小田原城艦砲射撃と言う、今までの戦国時代の戦い方を一新する戦い方の幕開けをしていた頃、奥州では奥州史史上最大級の戦いが行われていた。

幕府軍
奥州探題・伊達政宗《まさむね》、約25000
羽州探題・最上義光《よしあき》、約19000
相馬小高《おだか》城城主・相馬義胤《よしたね》、約9000
津軽三戸《さんのへ》城城主・南部信直《のぶなお》、約9000
幕府方、およそ計62000の兵が集結。

反幕府軍
蘆名・佐竹連合軍、約48000
下野《しもつけ》・宇都宮国綱《うつのみやくにつな》、約3000

那須《なす》資晴《すけはる》、約２５００
壬生《みぶ》義雄《よしお》、約２０００
反幕府軍およそ計５５００の兵が集結。

平成で言う福島県猪苗代市《いなわしろ》、磐梯山《ばんだいさん》の裾野の摺上原《すりあげはら》で大決戦となり雌雄を決する。

午前から始まった大決戦に風が意外にも数に劣る反幕府軍に味方して蘆名・佐竹の連合軍が優勢であったが、午後に入ると一変、風向きが変わり、数で勝る幕府方が圧勝、蘆名の養子になっていた佐竹義重《よししげ》の次男、蘆名義広《よしひろ》は常陸《ひたち》の国に逃亡した。

幕府方はそのまま進軍、会津黒川城に入城をすると、三日ほど休んだのちに、奥州探題・伊達政宗・約２４０００、相馬小高城城主・相馬義胤・約８０００が常陸国との国境になる磐城（福島県いわき市）の、勿来《なこそ》に進軍を開始した。

津軽三戸城城主・南部信直・約８０００は黒川城守備役として残り、羽州探題・最上義光・約１８０００は山側を下野（栃木県）に進み、那珂川《なかがわ》に沿って常陸国（茨城県）に攻め込もうとしていた。

あっけなく、下野国、常陸国も陥落しようかと思われたが、そこに織田に屈するのを良しとしない土浦城の小田氏治《おだうじはる》・約２０００、下総の千葉直重《ちばなおしげ》・約３０００、さらに織田信長に降伏するのを良しとしない北条《ほうじょう》家と里見家から離反した者が合流、さらに各地に散らばっていた一向宗門徒が浄土真宗の縁深き地、牛久に集結、さらにが続き、一旗揚げようとする者や、今までに織田信長によって攻め滅ぼされた残党の浪人衆が集結合流した。

下野国およそ30000

常陸国およそ100000

大軍勢となり要所要所に砦《とりで》を作り、守りを固め徹底抗戦の姿勢を示していた。

まるで、豊臣《とよとみ》家最後の戦いのように多くの者が集まっていた。

伊達、相馬、最上は進軍を止めるしかなく、膠着《こうちゃく》状態になろうとしていた。

《南光坊天海《なんこうぼうてんかい》視点》

ぬはははははははははっ、儂《わし》が蒔いた種、早々刈られてたまるものか。

集まれ、集まれ、織田憎しの者ども集まれ。

この戦い長引けば必ずや、ほころびが生じるはず。

大軍を動かす織田信長とて例外ではないはず。

武田信玄《たけだしんげん》公が上洛《じょうらく》しようと大軍勢で進軍したときに急の病で亡くなったように。

織田信長だって……。

「那須に眠りし九尾の狐《きつね》よ、どうか我に力を貸し与えよ。我にその妖気を。呪ってくれよう。織田信長、黒坂《くろさか》常陸」

◇◆◇◆◇

1586年8月3日

里見の処遇も結審し、残る残党佐竹義重討伐に駿河《するが》を出陣しようとしたとき、奥州探題・伊達政宗の重臣、鬼庭綱元《おににわつなもと》が情勢を知らせに駿府《すんぷ》城を訪れていた。

そこで、下野と常陸に集結している大軍勢を俺達は知った。

流石《さすが》にそのような大軍勢が集まるとは思ってもいなかったが、西は島津《しまづ》が虫の息、残された戦いが少ないことは戦国を生き抜いてきた荒くれどもには、ひしひしと伝わっていたのだろう。

その荒くれどもは死に場所、いや、もう一花咲かせる最後の機会を探していたのかもしれない。

そして、茨城は意外にも一向宗門徒には特別な場所、牛久は浄土真宗開祖・親鸞聖人《しんらんしょうにん》が流刑となり滞在していた場所なのだ。

平成の時間線で牛久にある巨大な大仏、あれはなにも、あそこがただ何もない土地だったからではなく、浄土真宗とゆかりある土地だからこそ選ばれた土地なのだ。

現在だって、一向宗門徒が集まるには良い土地だろう。

茨城や栃木は親鸞聖人が流罪となり布教をしていた為《ため》か、門徒や寺が多い。

湿地帯が多く、長期的に支配下となれば、田畑も作りやすい。

湿地帯を上手《うま》く利用して城を築けば、第二の石山本願寺になり兼ねない。

そうなっては、また籠城戦。

一向宗門徒は石山本願寺、加賀《かが》・越中《えっちゅう》・越前《えちぜん》でことごとく敵対した織田信長の天下統一の総仕上げを阻もうとしているのかもしれない。

俺は茨城、千葉、福島、栃木のあたりを詳しく絵図面に描き織田信長に見せている。

この辺りの地形はしっかりと覚えている。

福島から続く阿武隈《あぶくま》山脈の南の端の少し特殊な地形。

常陸国の霊峰、神峰《かみね》の山々を修行と言われ、母方の陰陽力を持つ祖父に連れまわされた。

昔、修験道の修行の場だからしっかり覚えている。

茨城県日立市の御岩《おいわ》神社の岩場なんて何回落ちそうになったことやら。

「ここのあたりの地形などは大きく変わりはないはずなので、俺のいた時代と同じはずです」

二人っきりで狭い茶室で、俺の描いた地図と、にらめっこ、にらめっこと言うと可愛《かわい》く聞こえるが、くそ暑い夏に織田信長と言うおっさんと二人っきりと言うシチュエーションは何とも辛い。

まだ徳川家康《とくがわいえやす》が同席を許されなかっただけマシと思うようにしよう。

しかし、この暑い中、中年の織田信長《おだのぶなが》は汗臭さがないのだから不思議なものだ。

むしろ香を焚《た》きこませた服から良い香りがする。

「で、あるか」

険しい顔をしている織田信長。

流石に13000と言う大軍に慎重にならざるを得ないのだろう。

しかも織田軍全体から見れば地の利がない場所で、俺だけが詳しいと言うのはさほどの『利』にはならない。

「鬼庭殿の説明だと、下野は最上殿でひきつけていただき、常陸の10000の大軍と、どこで戦うかを考えたほうが良いと思うんですよね。で、磐城の勿来から日立より南までの、あっと、ごめんなさい。この時代だと大甕《おおみか》とか言ったほうが良いのかな？　確か大甕なら昔っから名前変わらないはずだし」

「地名などわかればよい、続けよ」

大甕は日本神話に出てくるような地。

とても由緒ある神社がある。

大甕神社、あの大ヒットとなった男女が入れ替わり隕石《いんせき》から町を救う映画『君の名は。』は、映画では登場しなかったが、スピンオフ小説には登場している。

星の神、甕星香々背男《みかぼしかがせお》を封印するという珍しい神社。

俺のいた時代、あちらこちらパワースポットが注目されていたが、茨城県はどうもアピール不足。

茨城県は古来から続く神社アピールをするべきだと魅力度ランキングが発表される時や、テレビ番組でパワースポットランキングが特集される番組を見ていて常々思っていた。

由緒正しい、日本神話に出てくるような神社は多々ある。大甕神社もその一つ。

大甕、日立は、関東平野の北の終わりと呼ぶべき地、ここから北は山が急に続く。

「北側からだと、この辺りまでは広い平野はないんですよ。だから、大軍で決戦となると久慈川《くじがわ》の河口近く、村松山虚空蔵堂あたりになるかと思います」

久慈川あたりを指さす。

「と、なると、この辺りは砦、出城が築かれて北からは通れまい」

俺の描いた地図に扇子を当てながら織田信長は言う。

扇子の先は、常磐道《じょうばん》でトンネル続きの日立の山々を指している。

常磐道を東京から仙台に向かった者ならわかるだろうが、日立は坂東平野の北の端、突如長い上り坂となって、山々が続き、トンネルが続く、平成でも事故の絶えない難所になる。

トンネルを抜けるとトンネルでした。

そして、そのトンネルを抜けると、またトンネルでした。

常磐道、日立南太田インターから高萩《たかはぎ》インターまでの区間は十三ものトンネルが続く。

中には約2・4キロメートルと長いトンネルもあるくらいだ。

山と崖を繰り返す地。

日立の地形を知っている者なら、北からの沿岸の防衛ラインは日立の山々に置くと推察できる。

海岸線の国道6号線も起伏は激しい。

この為、大企業のお膝元『日立市』は、住宅地は山々を崩した所に建てられている。

人口は多いのだが平地が少ないため、平成時代流行《はや》りの複合型大規模ショッピングセンターが建てられないでいた。

その為、客はどんどんと水戸市やひたちなか市に取られてしまうと言うちょっと残念な地。

なぜにそんな地が発展したのかは鉱山が近くにあったからだ。

鉱山で使用する機器を修理しているうちに、それを生産するようになり、段々にそちらのほうが本格的に商売になり、大企業の家電メーカーになったそうだ。

平成時代名残に、大規模工場が山間にあったりする、少し不思議な光景になっている。

そんな複雑な地形での戦い。

「そこで、この艦隊を使って戦います。小田原《おだわら》を砲撃したように、南下する伊達《だて》軍を海から援助します。海辺の砦や城を艦砲射撃を行い、また、山から迫る敵に艦砲射撃を行う。南下を手助けいたします。今までにない戦い方です」

地図を指すのを止め広げて顔を扇いでいた織田信長の扇子は、勢いよく閉じられる。

「常陸、今までにない戦い方、それがこの戦いの要、それがわかるか？」

「はい、海軍力を以《もっ》て国を治めようとしていますよね、信長様は？」

「で、ある。よし、磐城《いわき》に布陣している伊達政宗《まさむね》にすぐに伝えさせよ。儂達《たち》が到着するまで動くなと、蘭丸《らんまる》」

茶室の外の声の聞こえるところに待機していた森《もり》蘭丸は鬼庭綱元に指示を出すと、綱元は敵中突破の伝令として馬を走らせた。


1586年8月5日、俺達が乗る南蛮型鉄甲船30隻が駿府を出航した。

徳川家康の安宅船《あたけぶね》は足手まといになる為、船団に加えられず家康と忠勝《ただかつ》はキング・オブ・ジパング号の後ろに付く二番船に乗船した。

1586年8月7日
駿河から犬吠埼《いぬぼうさき》を目指して出航した南蛮型鉄甲船艦隊は7日には犬吠埼を抜け、常磐沖とも呼ばれる鹿島灘《なだ》に入った。
陸地を左手に見ながら進んでいる。

織田信長も九鬼《くき》喜隆も見たことがない土地、しかし、俺は良く知っている。

利根川河口から長く続く砂浜などは子供の頃から見てきた景色だ。

正確に言えば、今はまだ利根川河口ではないのか？

利根川は江戸時代の大治水・大干拓事業で造られた人工の川だったはず。

まだ、複雑な湿地帯だったはずだ。

今見ているのは、北浦と海続きになっている湖口？

それでも懐かしい、俺の故郷、茨城県。

海岸線を見ながら俺が描いた地図と照らし合わせながら北に進む。

流石に建物や海岸線の砂浜の多さは平成とは違うが、海から見える常陸《ひたち》の崖の景色は、海釣りを経験している者なら多少は見覚えのあるもの。

千葉から続く途切れ途切れの長い砂浜、大洗の長い砂浜を抜けるあたりになると、ごつごつした岩の海岸線が見えていた。

この辺りの崖は、太古の地層がむき出しになっているところで、高々数百年の違いで変わるものではない。

白亜紀の地層がむき出しになっており、アンモナイトの化石など近くの岩場で見ることが出来る。

俺が勝手にライバル視している千葉県は、『チバニアン』と言う地層が命名され、千葉県民は喜んでいたが、茨城県には日本最古の地層、約五億年前の地層『日立古生層』があるんだぞ！　すごかっぺな！と言いたい。

いや、自慢したい。

地層好きの、あのお昼の顔だった博識な大御所コメディアンも、そのうちブラリと来て取材をするのではないだろうか？

水戸は来ていたような……。

俺はそこで、小高くなっている丘に向かって柏手《かしわで》を打ち、神社でお参りをするかのように甲板で頭を下げた。

その姿を見ても、船中では笑ったり、ツッコミを入れる者はいない。

流石に未来人であることは隠しているが、常陸の国・鹿島出身であることと、陰陽の力を使うことは公言している為、何かしら神聖な場所であるのを感じているのだろう。

「ここって、日本神話に出てくる大巳貴命《おおなむちのみこと》と少彦名命《すくなひこなのみこと》が御降臨くだされた海岸なんですよ、大洗磯前《いそさき》神社と酒列《さかつら》磯前神社が祀《まつ》られているんですが、戦乱で荒廃してしまっているはずで」

「で、あるか、なら戦乱が治まれば寄進して常陸が整備せねばなるまいて」

織田信長が少し不思議な言い回しをしていたが、そんな織田信長も同じく柏手を打ち拝んでいた。

この時にはすでに織田信長はとあることを決めていたのを後々理解した。

1586年8月8日

切り立った崖が続く海岸の合間にある小さな港へと着岸した。

港は小さく30隻など到底入れず、近くにある港に分散した。

キング・オブ・ジパング号と5隻が接岸したのは勿来《なこそ》の関のすぐ近くの九面《ここづら》港。

平成時代だと茨城県から福島県境の国道6号線のトンネルを抜けると右手に見える小さな港だ。

他は平潟《ひらかた》港と大津《おおつ》港に分けて接岸し、平成で言う福島県いわき市南部から茨城県北茨城市北部周辺の海岸線を占領した。

平潟港は実は知る人ぞ知る隠れた歴史の名所で、江戸幕府末期討幕軍が軍船から降りた港、鮟鱇《あんこう》のどぶ汁の聖地として有名な地。

俺も御祖父《おじい》様達と冬の季節は、どぶ汁と温泉を目当てに毎年のように宿泊してきた。

冬場の旅番組で鮟鱇の吊《つる》し切りで見ない年はまずないだろう。

そして、大津港は茨城県民が誇るレコード大賞受賞歌手、カールスモーキー石井様の出身地だ。

俺達は船から降りると、旧関所、三大古関などにも数えられる桜の名所、勿来の関跡の山に布陣している伊達政宗の重臣片倉小十郎景綱《かたくらこじゅうろうかげつな》に出迎えられた。

『勿来の関』

数々の歌人が歌に詠む奥州三関で有名な地。

その中でも一番有名なのは、源《みなもとのよしいえ》義家が読んだ
『吹く風をなこその関と思へども道もせにちる山桜かな』だろう。

そんなことを思い出しながら、勿来の地を踏みしめた。

「伊達家家臣、片倉小十郎景綱にございます。お見知りおきを」

挨拶してきた人物は、かっこいい若者。

まるで昭和の本御三家芸能人の西郷さんが若かった時のようだ。

「黒坂常陸守真琴《くろさかひたちのかみまこと》にございます。こちらが、織田信長様にございます」

俺が森蘭丸を差し置いて紹介する。

だって、大好きな戦国武将ランキング三位の片倉小十郎景綱だもん、興奮は抑えながらも頭の天辺から足の爪先までじっくりとがっつりと見る俺に、一歩下がる小十郎……勘違いされてしまったかな？

「上様、御自らの御出馬とは恐れおおいことにございます」

片膝を突いて頭を下げる小十郎。

俺のいつもとは違う息遣いに気が付いたのか、森蘭丸と森力丸《りきまる》とが俺の前に立つ。

邪魔しないでくれ、小十郎と話したいんだよ！　と、言いたかったがぐっとこらえる。

さらに伊達小次郎政道《こじろうまさみち》も俺の前に出て、

「小十郎、久しいな、兄上様のもとに案内を頼む」

俺の小姓、伊達小次郎政道は伊達藤次郎《とうじろう》政宗の弟なのだから、当然、片倉小十郎景綱とは顔見知り。

「こちらに馬を用意してございます」

馬が連れてこられて、俺達はそれに乗り、小高い山に登った。

いよいよ奥州の覇者・独眼竜伊達藤次郎政宗登場？

高まる期待、まるで憧れの歌手のコンサートに初めて行くときのような気分だ。

戦国時代末期人気武将オールスター夢の共演。

あっ！　うちの家臣って反伊達、多くなかったっけ……。

蒲生《がもう》氏郷《うじさと》は近江《おうみ》大津城の留守居役として残してきたけど、別の船には東の関ヶ原で上杉《うえすぎ》方として伊達・最上《もがみ》軍と戦う前田《まえだ》慶次《けいじ》、大阪冬の陣・夏の陣で豊臣《とよとみ》方として戦う真田《さなだ》幸村《ゆきむら》、俺の重臣なんだが大丈夫なのか？

少し不安になる。

立場は歴史が違うのだから大丈夫なはずだが、極力会わせないようにしておこう。

そう言えば柳生《やぎゅう》宗矩《むねのり》は伊達政宗と飲み友達になるとかも聞いたことがあるが？　真相は不明だ。

◇◆◇◆◇

その男は若いながらも、強い迫力がある人物だった。

右目には黒い革の眼帯をし、漆黒の甲冑《かっちゅう》、黒漆塗五枚胴具足に黄金の三日月の前立ての兜《かぶと》が、青々とうっそうとした勿来の山の中でも、一目でその人物だとわかった。


『奥州の覇者・伊達藤次郎政宗』


意外と背は低く170センチないくらいだろうか……謙さん若い……。

「殿、お連れいたしました」

片倉小十郎が言うと伊達政宗は俺達の前に片膝を突いて、

「初めて御意を得ます。伊達の当主、藤次郎政宗にございます」

かっこいい、織田信長《おだのぶなが》に森蘭丸兄弟に真田幸村に前田慶次と身近で接してきているが、憧れの武将はやはり違って見える。

って、おい、森蘭丸、森力丸、俺の前に立って邪魔をするな。

「で、あるか、信長である」

織田信長は言葉少ない挨拶をすると足軽達が船から降ろした椅子に座った。

俺も織田信長のすぐわきの下座の床机に腰を下ろす。

織田信長、伊達政宗が夢の共演。

「近江大津城城主、中納言黒坂常陸守真琴です。会いたかった会いたかった、もの凄《すご》く貴方《あなた》に会いたかった」

って、森蘭丸と森力丸がなぜだか必死になってブロックしてくる。

「これはこれは小次郎が世話になっており、ありがとうございます。おかげさまで伊達《だて》の家督相続も滞りなく済みましてございます」

伊達政宗もこちらに居直り挨拶をしてくれた。

その前でブロックするかのように仁王立ちで立つ森蘭丸と森力丸の肩に手を置き、大丈夫だと知らせる。

そうだよ、仮にも中納言、小次郎政道も預かる黒坂家当主、憧れの武将伊達政宗に会えたからと言って取り乱しては駄目なんだよ俺は。

深呼吸一度大きくして、

「輝宗《てるむね》殿は息災ですか？」

「はい、米沢《よねざわ》にて留守居を務めてもらっています」

「それは良い、輝宗殿は良き御仁、大切になされよ」

当たり障りのない言葉を出すと、森蘭丸も森力丸も床机に腰を下ろした。

こっちに来て五年近い付き合い、俺のことをよく知っている二人、俺が大好きな武将の名を上げた時に一位に伊達政宗の名を出したことも知っている。

だからこそ、俺の興奮を感じてしまったのだろう。

変なことを口走らないように注意しないと。

って、少し息を整えて落ち着くと、織田信長のなにやら呆れているのか、怒っているのか不思議な視線を感じたが気にしないでおこう。

織田信長の焼き餅だったら恐《こわ》いな。

「なにもありませんが、茶と季節の枝豆をすりつぶした、ずんだ餅をお召し上がり下さい」

目の前の机に出してきた。

「ずんだキターーーーーーー。政宗《まさむね》殿自ら作られたのですか？」

「はい、先ほど港に船が見えましたので餅を搗《つ》き、枝豆をすりつぶしたばかりにございます」

青々としたずんだが、ふんだんに載せられた餅。

口に入れると何とも言えない青っぽい枝豆独特の風味、砂糖など入れていないので少し微妙だが、

「美味《うま》い、ずんだ美味し」

褒めると織田信長は、

「そうか？」

冷ややかな視線を俺にぶつけてくる。

特別な人が作る特別な料理は格別。

……だが、枝豆は取り立てを茹《ゆ》でて塩を軽く振ってシンプルに食べるのが良いだろうが……。

ずんだ、原材料のままなのに、ちょっと手を加えると極端に好き嫌いが分かれる食べ物な気がする。

俺は好きと言うわけではないが、たまにこの独特の風味を思い出したかのように食べたくなる。

『俺は、ずんだだーーー。』と、口の中で、枝豆が主張していた。

「大津中納言様の料理上手は噂《うわさ》で聞いております。ぜひともご教授願いたい」

ん？　なんか、俺、千利休《せんのりきゅう》の立ち位置？

伊達政宗が豊臣秀吉《ひでよし》の小田原《おだわら》城攻めに参陣したとき、千利休に茶を習いたいと言ったという話は有名なのだが、俺が伊達政宗に料理を教えるルート、想像していなかったな。

「兄上様、御大将の料理は大変美味なる物。家臣として仕えられて幸せにございます」

伊達政道が言うと、

「そんなことは、後にせい。蘭丸《らんまる》、進軍の道筋を説明してやれ」

織田信長は苛《いら》ついているようだった。

森《もり》蘭丸が机に俺の描いた地図を広げ、南蛮型鉄甲船艦隊艦砲射撃沿岸南下作戦を説明している。

俺はそれよりも、伊達政宗手作りのずんだ餅が重要で久々の風味に舌鼓を打つのに専念していたら、織田信長に扇子で小突かれた。

ごめんなさい。

事細かく描いた俺の茨城周辺の地図に感心しながら、伊達政宗は森蘭丸の説明を聞いていた。

「沿岸を艦隊の援護を受けながら進む、今までにない奇策に驚くしかありません。上様がお考えで？」

織田信長は俺に扇子を向けて、

「この食いしん坊の馬鹿が考えた戦術だ」

「わかりましたわかりましたよ。取り敢えず皿は置きますから。そんな怒らないで下さいよ、も～。で、俺は常陸《ひたち》の鹿島で生まれ育ちました。常陸の地形なら頭に入ってます」

「噂には聞き及んでおりましたが、まさに奇才の黄門、常陸様は鹿島ですか、それでですか、なるほど」

信じてくれる伊達政宗。って、奇才の黄門って二つ名があるの？　中納言だから『黄門』って言われるのは知っていたけど、読み方がかっこ悪い、巷《ちまた》では菓子中納言とも噂されてると聞く、なんか、ダサい。

中納言、辞めたくなる。

「我が家臣、伊達藤五郎成実《とうごろうしげざね》と、相馬《そうま》殿がすでにこの辺りに陣を構えてはおるのですが」

平成で言う北茨城市の大北川の北側にある丘、磯原《いそはら》あたりを指差した。

「では、そのまま動かず艦隊が南進するまで留め置いて下さい。大北川より南側は海岸を沿って進んでいただきます。山側だけに注意して貰い、こちらからは大砲で進む軍の前を砲撃します」

「砲撃の後の地を進めば良いのですね？」

「そう言うことです。俺が一緒に付いて行きましょう、道先案内人になれますよ」

俺が言うと織田信長が机を扇子で叩《たた》き、

「それはならん。常陸はこのまま船で海上からの援護に徹しよ、もしものことがあったらお市《いち》になにを言われるかわからん」

鋭く睨《にら》み付けてきた。

「んーでも、ほら俺の火縄銃改武装の兵が500いますし、そのほうが山側からの敵に銃弾で対応出来ます」

「ならば、ほら、利家《としいえ》の甥《おい》と真田の小《こ》倅《せがれ》が居たであろう、その二名と蘭丸を軍監奉行として付ける。なんなら家康《いえやす》も船から降ろそう」

不味《まず》いことになった気がする。

前田慶次と真田幸村が伊達政宗と一緒？　そして、徳川《とくがわ》家康も？　内紛が起きそう。

徳川家康だけでも降ろさないようにしなければ。

「わかりました。俺は船からの援護に回ります。兵は慶次と幸村に任せますから、家康殿に手間をかけさせる必要はありません。力丸、二人は？」

「はい、慶次殿が大津港《おおつ》、幸村殿が平潟港《ひらかた》にございます」

「なら、伊達殿が進軍したら、それに合流するように指示を出して」

「はっ、すぐに」

陣幕の外にいたうちの家臣が走っていった。

確か、真田幸村の家臣の佐助《さすけ》だったような。

家臣の家臣の名前、少しちゃんと覚えないと駄目だな。

織田信長は立ち上がり船に戻ろうとする、俺は伊達政宗の近くにより、

「で、では、久慈川《くじがわ》の河口で合流しましょう」

と、言って手を握ると強く握り返してくれる伊達政宗。

伊達政宗と握手しちゃったよ。

って、森蘭丸と森力丸《りきまる》が俺の両肩を摑《つか》んで引き離した。

別に握手くらいいいじゃんか、後でサイン貰《もら》おう。

織田信長のサインはこっちに来てすぐに貰ってるしな。

鶺鴒《せきれい》の花押入りのサインを頼もう。

などと考えながら勿来九面《なこそここづら》の港からキング・オブ・ジパング号に乗り込んだ。

この時、後々、伊達政宗とは深い付き合いになるとは予想もしていなかった。

《伊達政宗視点》

織田信長のあの鋭い眼光、あれはまさに龍。
天に昇りし龍として、この見えないはずの右目が感じ取った。
恐ろしき男、父上様が言うように絶対に刃向かってはならぬ。
器が違いすぎる。
そして、道化を演じているかのような黒坂常陸守真琴《くろさかひたちのかみまこと》。
見えぬ。何も見えぬ。
見えぬからこそ恐ろしいのだ。
なぜあの方は儂《わし》を好きな武将として名を出したのだ？　儂は会ったことはないはず。
……不思議だ。
海に見える見たことも聞いたこともない船。
発案者は黒坂常陸守真琴と耳に。
さらに今まで、その様な戦いをしたことも聞いたこともない戦術。
この戦い、間違いなく幕府方の勝ち。
対抗策が見つけられないのだから勝てぬ。
「小十郎《こじゅうろう》、あの二人には勝てぬな」
片倉《かたくら》小十郎に言うと、

「殿、私もあの二人は恐ろしさを感じます。伊達家のため野望は内に秘めておくのが賢明かと。大津中納言様の道化を演じていたのは演技ではないでしょうか？　何かを隠すための演技、その隠された物が大きく深い物だと勝手ながら推測いたします」

「うむ、そうであるな。父上様の言いつけ通り幕府方として働く。全軍に何事も上様の命のままにと伝えよ。特に藤五郎にはな。あやつは猪《いのしし》武者なところがあるから戦功をあせるからのぉ」

「そうでございますね。しかと伝えさせます」

1586年8月9日

九面港を出発して大津の港沖で艦隊は集結し、大北川の河口まで進むと、伊達と相馬の旗印を海岸線で振っているのが見える。

伝令がしっかりと伝わっているのだろう。

「嘉隆《よしたか》、これより常陸の指示を聞き砲撃援護を開始せよ」

そう、織田信長《おだのぶなが》が言うと自室に引きこもった。

また、船酔いみたいだ。

「九鬼《くき》殿、よろしくお願いいたします」

「では、山側の隠れていそうな敵を海側に出さないように、出来るだけ陸地内部に砲撃を開始します」

「はい、出来れば無駄撃ちはせず何発かに一回は空砲でも良いと思います。要はこの艦隊の存在と砲弾がとどくぞ！　と、言うのを見せつければ良いのですから」

「御意、皆の者、聞け、砲弾は敵に当たらずとも良い。陸地内部、できうる限り遠くまで飛ばせ。無理に敵を狙う必要はない、敵が山を下ってきたら容赦なく狙って殲滅《せんめつ》せよ、かかれー」

九鬼嘉隆が命令を下すと艦隊は一列になり、海岸に沿って進みながら大砲を撃ちはなった。

射程距離の長いライフル砲からは実弾が撃たれ、射程距離の短いフランキ砲からは空砲が鳴り響く。

その音はおそらく常陸国にいる兵などは初めて聞くであろう、雷鳴のごとくの響き、そして、地上では着弾した弾で地響きと土ぼこりが舞う。

山に隠れ降りてこようとする敵兵がいると思ったが、まったく現れず、むしろ先鋒《せんぽう》の伊《だ》達《て》成実軍と相馬義胤《よしたね》軍の騎馬が怯《おび》え荒れ狂っているように見える。

作戦失敗かと思うと、二人の赤い甲冑《かっちゅう》の騎馬武者が現れ、混乱する騎馬達《たち》を抑え先頭に立った。

すると、俺の旗印の深い緑色の旗に抱沢瀉《だきおもだか》の家紋が見えた。

「なるほど、二人は慶次《けいじ》と幸村《ゆきむら》か」

ひとり言のように言うと、隣にいる森力丸が、

「と、思われます。御大将はなにかを危惧しておられたようですが、あの二人なら大丈夫です。御自身の家臣を信じて下さい」

と、言われてしまった。

伊達政宗《まさむね》と前田《まえだ》慶次、真田《さなだ》幸村は俺が知る時間線では敵味方だが、今は味方同士。

立場が違えば、戦国武将はライバルにはならないわけだな、と感じた。

今後、伊達政宗とは仲良くしていきたいのでよろしく願う。

砂浜近くで、

「あいや、待たれよ、先陣は我等《ら》、伊達藤五郎成実が勤め、大津中納言様の軍は引かれよ」

伊達政宗と同じ形の黒漆塗五枚胴具足を着けている者が叫んでいるのが聞こえた。

兜《かぶと》の前立てをよくよく目を凝らしてみると、百足《むかで》の前立て。

伊達藤五郎成実、伊達一門であり、小十郎を右腕とするなら、伊達政宗の左腕と呼ばれる重臣だ。

慶次、幸村、仲良くやってくれよ。

と、一人呟《つぶや》き祈った。

この先陣砲撃作戦、敵が現れずに失敗かのように見えたが、実は敵は怯えて山に隠れ逃

げたことを後に聞いた。

作戦は成功だった。

1586年8月12日

先鋒の争いもなんとか丸く治めたようで、夜は砂浜で陣を組んで休み、昼間は艦砲射撃の援護で南下する作戦は、これと言った戦闘は起こらず、順調に進み、久慈川河口近く北側の山の大甕《おおみか》神社付近に本陣を置き伊達・相馬軍は陣を構えた。

決戦の地は、坂東平野の北の端となるように準備を整えていく。

1586年8月14日

北の幕府方が坂東平野の北端に布陣を完成させていた。

久慈川北側、川岸に伊達政宗重臣・伊達成実が8000の兵を率いて布陣。

海岸に近い村松山虚空蔵堂に相馬義胤が8000の兵で布陣。

少し北側の小高い山の大甕神社付近に本陣の伊達政宗隊16000が布陣している。

数の上では10000の軍勢を集めている佐竹《さたけ》に対して不利な状況ではあるが、海上には、おおよそ二百年先に登場するような兵器の南蛮型鉄甲船30隻が待ち構えている。

南蛮型鉄甲船に大量に積まれている大砲を40門を降ろして伊達・相馬《そうま》の陣配備を進めた。

船の大砲設置の構造上、砲撃として実戦に使えるのは船の片側に設置されている大砲のみなので、使えない片側を降ろして陸に配置する。

この戦いは今までの戦国の合戦とはまったく違う戦い。

織田信長自身がそれを望んでいる。

この戦いで最後にしたいのだろう。

強大な兵器の力を見せつけて、大軍を小軍で蹴散らしたいのだ。

それは奇襲や夜襲などと言うものではなく、陣を張って真正面に衝突する戦いだからこそ意味がある。

俺はそれに少しでも助力しようと伊達政宗本陣に行くと織田信長に頼んだ。

「本陣で陣頭指揮に当たりとうございます」

「ならん、常陸《ひたち》、貴様は戦を間近で見るな、血生臭く怨念飛び交う戦場など、貴様が見るものではない。貴様のその力と未来の価値観、間違いなく心が病む。これは海上の戦いとは違う。陸の戦いなど常陸が目にするべきではない。多くの死者を見て正気を保てるのか？　この戦いは多くの血が流れる。そのようなもの見る必要はない。力丸、常陸を縛り上げろ」

怒っているわけではない織田信長。

しかし、しっかり目を見て俺に訴えてくる。

その目はたまに見せる父親が子供に言い聞かせるような目であった。

「御大将、御免」

と、言われ俺は縛られキング・オブ・ジパング号の織田信長の居室に軟禁された。

外の様子などが見えないよう陸側の戸は閉められていた。

「覚悟は決めていたんだけどな……」

ひとり言を呟く。

近江《おうみ》大津城を出陣したとき戦場に立つ覚悟は持っていたのに。

部屋に残されたのは俺と伊達政宗の弟で俺の側近をしている伊達小次郎政道《こじろうまさみち》だけ。

もちろん、船には九鬼嘉隆のけたたましいサイレンのごとくの声がしているから、兵は乗っているが、織田信長と森《もり》力丸は大甕神社の本陣に入ったようだ。

「政道、逃げないから縄ほどいて、暑くて仕方がない、大丈夫だから」

「御大将、もし逃げられると責めは私が負わねばなりません。それを理解しているなら」

そう言いながら縄をはずしてくれた。

流石《さすが》に、家臣が切腹だの斬首だのも困るし、だいいち陸に上がる手段がない。

キング・オブ・ジパング号と陸とは小舟がちょくちょく行き交っているが、それに隠れて乗れそうなほど、俺の顔が知られていないわけではない。

だから、脱出などはしないが、ただただ見ておきたかった。

戦国時代最後の大戦になるであろう戦い。

自分の目でしっかりと見ておかなければ。

陸地側の戸を開け目をこらして見るが陣は動いていない。

人が裸眼で海から見えるのか？　と、言われると思うが旗と馬印がしっかりと見える。

まだ、敵が現れていないから動きがない。

笠間《かさま》城と牛久城で佐竹軍は布陣している。

下野《しもつけ》にも侵攻している。

「政道、嘉隆殿から情報だけは貰《もら》えないかな？　船からは出ないって約束するからさ」

伊達政道が少し困った顔をすると、開けていた戸から顔がニョキッと現れた。

「ぬぉーびっくりした！　確か幸村が家臣の佐助《さすけ》だったね？」

「はい、幸村が配下、猿飛《さるとび》佐助に御座います。幸村の頭から、御大将の傍《そば》について指示に従えとの命令がありましたもんで」

外の壁に器用に張り付きながら話す猿飛佐助はスパ●ダーマンだな。

「じゃー、常陸国、下野国の情報を逐一教えて欲しいのだけど」

「はっ、我ら真田の忍が散らばりまして、情報を集めさせていただきます」

壁から手を離して海に飛び込んでいった。

んー、嘉隆殿にちゃんと話せばんな無理しないで船の乗り降り出来る気がするんだが。

猿飛佐助は夜になると、毎日情報を持って現れた。

下野では、羽州探題・最上義光《もがみよしあき》・約１８０００が会津から下野国に入り、那珂川《なかがわ》に沿って常陸国に攻め込もうとしていたところ、反幕府３００００の兵と激突、数で勝る反幕府軍に圧される最上義光軍であったが、そこに越後《えちご》の上杉景勝《うえすぎかげかつ》の家臣、直江《なおえ》兼続《かねつぐ》率いる１００００の兵が合流。

一気に形勢は逆転し、幕府方は下野国と常陸国の国境近くの御前山《ごぜんやま》に陣を構えたとのことだった。

反幕府軍の３００００の兵は２００００に減り、笠間城に逃げ込んだ。

笠間城に本陣を構えていた佐竹義重《よししげ》軍２５０００と合わせて４５０００が籠城。

牛久城を拠点に構えていた常陸国南側の反幕府勢力およそ６００００は駿河《するが》から北上してきた、およそ８００００の兵の徳川《とくがわ》秀忠・織田信澄《のぶずみ》軍に攻められ落城、残った５５０００の兵は水戸城に退却した。

最早《もはや》、この段階で勝負は決している。

東西南北を囲まれているのだから。

そこで佐竹義重は降伏の使者を織田信長に送ってきたが、織田信長は斬り捨てた。

降伏は認めないと。

織田信長が望むもの、それは南蛮型鉄甲船と大砲を使った決戦、ただそれだけだった。

追い詰められた佐竹義重は笠間城を放棄して水戸城に入城、兵の少ない北側の俺達がいる久慈川《くじがわ》に活路を見出そうと進軍してきた。

北へ侵攻している。

立て直しを図ろうとしたのか？　織田信長《おだのぶなが》の首を狙う為なのかは不明。

1586年8月31日

佐竹軍およそ100000の大軍は久慈川南岸に陣を構えた。

1586年9月3日

久慈川河口南側で陣を構えた反幕府軍に約100000。

伊達政宗・相馬義胤軍に合わせて南蛮型鉄甲船から降りた信長直属の兵も合わせた数で久慈川河口北側で陣を構えた織田信長軍35000。

南からはじわりじわりと織田信澄・徳川秀忠軍、西からは最上義光・直江兼続軍がじわりじわりと、久慈川を目掛けて進軍をしてくる。

降伏も許されない反幕府軍は、兵の少ない北に向かうしかなく、遂《つい》に久慈川河口の浅瀬から進軍を開始した。

先頭が川をわたりきったところで、一斉に南蛮型鉄甲船の大砲が火を吹いた。

12門×30隻＝360門の大砲、そして、陸にあげられた大砲40門が次々と火を吹く。

反幕府軍ももちろん火縄銃を持っているが、最早その火縄銃は旧式。

うちの改良型の飛距離には及ばない。

旧兵器と新兵器の戦い。

反幕府軍が先陣に立つ伊達成実《だてしげざね》、相馬義胤《よしたね》軍に到達すら出来ずに散っていく。

俺はそれを船の上から見ていると、涙が止まらなくなり体が震え出した。

撮影していた耐衝撃型スマートフォンが持っていられなくなるくらいに。

駄目だ、駄目なんだ、しっかりと目に焼き付けておかなければ。

これが戦国、これが最後の戦いになるはず、そして、この戦いの立案者、見届ける義務がある。

体に走る大砲の衝撃、陸上では火縄銃改2000丁が火を吹く。

武田勝頼《たけだかつより》対織田信長・徳川家康《いえやす》の長篠《ながしの》の合戦よりさらに戦い方を変える艦砲射撃&大砲砲撃&火縄銃改、逃げ惑う反幕府軍に追い討ちをかけるように、南からの織田信澄・徳川秀忠軍、西からの最上義光・直江兼続軍が次々に着陣、逃げ場を封じるとひたすら艦砲射撃に火縄銃改の攻撃が続いた。

蜩《ひぐらし》の大合唱が始まる夕刻には、久慈川だけでなく常陸の海は、反幕府軍の10000の骸《むくろ》から流れ出る血で、真っ赤に染まっていた。

後の世に語り継がれることとなる、『久慈川の殲滅《せんめつ》戦』は終わった。

久慈川北側に布陣していた伊達・相馬軍の死者数は零。

圧倒的火力の前には大軍勢が攻めようと、無力であると知らしめた戦いになった。

夕焼けは空を赤く染め、大地と海は敵の遺体から流れ出る血で赤く染まっていた。

地獄絵図と言える光景なのかもしれない。

そんな中、蜩の鳴き声と共に味方の勝ち鬨《かどき》が聞こえていた。


「えい、えい、おーーーーーーーー」

その声は俺を責めているように聞こえた。

1586年9月5日

織田信長はどことなく暗い顔でキング・オブ・ジパング号に帰艦した。

身なりは整えられ平服に着替え、血の匂いや泥臭さなどはしないが、魂の……いや、死んだ者の恨《うら》み辛《つら》みの怨霊が憑《つ》きまとっている臭いが漂っていた。

戦勝に浮かれた顔ではなく、殺した者への追悼の念を感じられる何とも言えない表情。

おそらく身体《からだ》中が重いのではないのか？

口数は元々から少ない織田信長であったが、今日はなおさら少なく、俺の顔を見るなり、

「見ていたのか？」

「はい、船からすべてを見ていました」

「皆殺しにしたことを責めるか？」

聞いて来たので俺は首を横に振った。

「俺の価値観で戦の善悪は言えません。ただ、この戦いで死んだ者の為《ため》にもこの後、戦をいかになくすか、いかに住みよい国にするか、それが重要かと思います」

「であるな、この戦いの噂《うわさ》が日本全国に広がれば、歯向かう者など二度と出まい」

そう言うと、織田信長は自室に籠もった。

日本全国どころか、世界だって驚愕《きようがく》の戦いだったはずだ。

おそらく、南蛮人宣教師によって噂は世界に広がるはず。

そう思いながら再び、常陸国の地を拝んだ。

久慈川から流れ出る血はいまだに常陸国の海を赤く染めていた。

それほど多くの人がこの戦いで死んだのだ。

圧倒的火力の武器を保持する織田信長、そして今までにない戦い方を提案する俺。

それは日本国中に轟《とどろ》いた。

幕府方として参戦した味方も、織田信長の軍の圧倒的火力に驚きを隠せなかったらしい。

参戦した褒美に関東の地に加増を求めようとする者など現れなかった。

むしろ南蛮型鉄甲船には、奥州の大名の一門衆の家臣が、自ら進んで人質になり乗り込んでいるくらいだった。

常陸《ひたち》国にはとりあえずの留守居役として徳川家康が残り、下野国には織田信澄が残った。

残された遺体は、久慈川の流れに任せて海に流され海葬となった。

俺は静かに船中で祓《はら》いの言葉を唱え続け、織田信長についていた怨念を天に送った。

織田信長、これからの日本の為にまだまだ働いて貰いたい。

ただただ、そう思ったのと迷う魂が天に昇ることを願ったからだった。


安らかに旅立ってくれ。

恨むなら、この時代に生まれたことを恨んでくれ。

１５８６年９月10日

圧倒的勝利をしたのにもかかわらず重苦しい空気のまま、南蛮型鉄甲船艦隊は大阪城に帰城した。

１５８６年９月13日

俺は大阪城に一泊、銀閣寺城に一泊して、近江《おうみ》大津城城下に入った。

近江はまだまだ暑く、降り注ぐ太陽の日射《ひざ》しを浴びながら蟬《せみ》が大合唱をしている。

城下に入ると、暑い中にもかかわらず大通りに住民達《たち》は出てきて、無事の帰還を華々しく歓迎してくれた。

俺はその歓声に応えてやれずにいたが、前田《まえだ》慶次《けいじ》や真田《さなだ》幸村《ゆきむら》が歓声に応えるかのごとく右手を握り締め高々にあげていた。

前田慶次は戦慣れしているからかな？

精神力が強いのだろうか？

それに反応するかのごとく民達は、

「戦勝万歳、戦勝万歳、戦勝万歳」

「流石《さすが》、我らの殿様」

「よ！　奇才の黄門様」

「織田の名軍師」

などと声をかけてくれたが、反応に困ると言うのか応えてやることは出来なかった。

それはやはり、多くの人の亡くなるのを見たからと、船中でひたすら拝んだ疲れも出て馬の手綱を握るのが精一杯だった。

それに気が付いたのか、森力丸《もりりきまる》と伊達政道《まさみち》が俺の両脇をガッチリとガードしている。

落馬しないようにだろう。

そうしてようやく近江大津城の門をくぐった。

「お帰りなさいませ、真琴《まこと》様」

茶々《ちゃちゃ》が声を出すと一列に並んでいた茶々、お初《はつ》、お江《ごう》、桜子《さくらこ》、梅子《うめこ》、桃子《ももこ》が馬に寄ってきた。

両脇の空いた俺は城に入った安堵感《あんどかん》からかふらつき、落馬した。

それを間髪をいれずに走ってきて受け止める、お初、桜子、梅子。

「しっかりしなさいよね、戦から無傷で帰ってきた大将が落馬で怪我《けが》をしたら馬鹿みたいじゃない」

お初に叱られてしまった。

あぁ、我家に帰ってこれたんだ、そう思うと不思議に涙が溢《あふ》れでる。

「城だ、我が家だ、帰ってこれた、帰って来た、ぬわぁぁぁん」

こっぱずかしさなどない、今は泣きたい、家族にならなら泣き顔も見せたって良いだろう。

鼻水を滴らせながら、みっともなく泣き叫ぶと、六人の美少女は黙って抱き締めてくれた。

「真琴様、気が済むまでお泣き下さい。門を閉めよ。真琴様の今の姿こそが本来の人としての心を持つ者の姿ぞ、敵とは言え人を殺《あや》めて平然になるな、慣れてはならぬのだ、皆の者良く聞け、戦勝に浮かれて宴会などは、この茶々が許さぬ、皆、一週間の喪に服せ」

茶々が力強く号令していた。

浅井《あざい》三姉妹に桜子達は敗ける側の痛みを知っている。

落城に遭っている。

仲間、家族、家臣を亡くす辛さを知っている。

だからこそ出る言葉なのだろう、今の俺の気持ちを良くわかってくれている。

ありがたい妻だ。


茶々達がいなかったら俺は心を病んでいたかもしれない。

◇◆◇◆◇

近江大津城に帰ってきて俺は、鹿島神宮から分祀《ぶんし》して奉《まつ》っている城内の神社に籠った。

籠ったと言っても、誰とも接しないわけではなく食事や着替えを運んでくる茶々や、お初達とは顔を合わせている。

南光坊天海《なんこうぼうてんかい》や久慈川《くじがわ》の合戦で受けたというか身にさらして憑いてしまった悪い気を、神社に籠り浄化している。

朝は清らかな水を浴び、神殿で祝詞を唱え、昼に清らかな水を浴び、また祝詞を上げる、夕刻にまた清らかな水を浴び祝詞を上げる。

夜になれば神殿でそのまま寝た。

俺が祖父から教えられた陰陽道は、神仏融合型で修験道に近い物で、真言も唱えれば、祝詞も唱えた。

そして、特に俺が信仰しているのは鹿島神宮の武甕槌大神《たけみかづちのおおかみ》。

その力で、自らを清め、そして心も整える。

そんな日々が数日続くと心配したのか、お初が朝から晩まで見張っていた。

ただ、運ばれてきている食事はちゃんと食べていたし、夜になれば休む。

その姿を見れば安心もするだろうと、気にしないで自分自身のルーティンを繰り返している。

「真琴様って、本当に不思議よね。ボケーとして、冬になれば寒い寒いと言って閉じこもるのに、こんな冷たい水を浴びては拝み続けてるし、聞いているわよ、伯父上様が危うかった本能寺に突如現れたのでしょ？　姉上様は何やら知っているみたいなのだけど、真琴様、何か隠しているでしょ？」

祭壇に向かっている俺の背中に向かって静かに言ってきた。

「あぁ、隠している。俺、自身を守る為、俺と深くかかわる者の為に隠している。知っているのは信長《のぶなが》様とその側近と、お市《いち》様と茶々だけだ」

「私だって、真琴様の側室なんですけど、話しなさいよ。私だって姉上様に負けないくらい真琴様のこと、……好きなんだからね」

聞こえるか聞こえないかの声で言ってきた。

俺はその言葉に振り向いた。

美少女側室、お初が顔を真っ赤にして床板を指でもじもじしている。

「わかった、特別だ。今から言うことは夢物語りとして聞く、そして他言しては駄目、それがこの祭殿の神に誓えるなら話してあげる」

俺は言うと、お初は祭殿の前に座り直して深々とお辞儀をして拝んだ。

「誓うわよ、真琴様、あなたのすべてを受け入れて、私だって姉上様みたいに支えたいんだから。鹿島の大神様……いや、八百万《やおよろず》の神に私は誓う。真琴様の秘密は絶対に漏らさないと」

そのお初の真剣な表情に俺は覚悟を決め、

「俺は未来から来た。約四百年後の未来の日本だ」

普通の人に話せば、絶対に笑って馬鹿にしたり、否定されるようなことを言うと、お初は真剣に聞いていた。

「神隠し的なもので、この時代に現れ、もともと持っていた陰陽の力で、本能寺の変の明《あけ》智光秀《ちみつひで》の謀反から織田《おだ》信長様を偶然的にも救い出し、その後、未来の知っている知識を提供することを仕事として客分として雇われ、今の地位にある」

お初は一言も口をはさまず、真剣な表情で聞いていた。

「これがその証拠だ」

説得力を持たせる為に懐に隠してあるスマートフォンを出し、画面を未来の風景を選んで数枚見せた。

「なにこれ？　不思議……鏡に風景を閉じ込めたような……神隠し？　未来？　陰陽力？

……で、未来に帰りたいの？」

少し悩み、戸惑った表情をしながら俺の目をしっかり見つめて訴えるように言う、お初。

「ははは、もう五年くらい過ぎちゃってるしね、今更帰ってもね、ははは っ」

お初の不安げな表情の前に少しふざけたように笑いながら言うと、

「笑い事じゃないわよ。帰ったら許さないんだからね」

と言って、突如、飛び掛かるように抱き締められた。

体重は軽いながらも、その勢いに後ろに倒れてしまった俺は、

「ははは っ、大丈夫、帰るつもりはないから、お初、ここ神聖な神殿だから離れてよ」

お初は我に返ったようで跳び起き離れた。

お初、ちょっと乱暴で暴力的だが実はすごく、可愛《かわい》い、そして愛は重い。

愛の物差しや量りなどはなくても、俺を本当に好きでいてくれているのは知っている。

そんな者がいるのに、帰ろうなどと思うはずもない。

「家族も作った。愛するべき人達はここにいる。茶々、桜子、梅子、桃子、お江、そして、目の前で俺を心配してくれているお初。そんな愛され愛している人が居るのに帰りたくはないよ。それに俺はやらなければならない使命があって神隠しにあったんじゃないかって？って最近思っているんだよ。だから、この時代で全力で生きようって決めているんだ」

「愛されてるんだ、私……」

離れて少し恥ずかしそうにしている、お初の頭を軽くポンポンと叩《たた》いてなだめていると、神殿の戸が開けられた。

「マコ～いる？　大納言になれって坊丸《ぼうまる》が伯父上様の使者として来たよ、常陸国にお引っ越しだって～」

俺が籠もっているため、茶々が代理として内容を聞いてくれたそうで、あまりに唐突なことに思わず、

「へ？」

「だから～屁《へ》は出ないって失礼だな～マコは」

エピローグ

《織田信長視点》

さてと、常陸《ひたち》には未来には帰せぬが、常陸には帰してやろう。

郷土愛、良かろう。

それが働く原理となる。

なんだかんだと謙遜しているが、あやつは統治能力もあるからの、常陸国を復興してみせよ。

そして、その日の本の国、第二の都市となる街を自分の手で築いてみせよ。

近江は寒い寒いと五月蠅《うるさ》いから、常陸国だ。

冬もしっかりと働けよ。

「坊丸、近江大津城に使者に行け」

「はっ、かしこまりました」

《南光坊天海視点》

恐ろしき戦い方。
なんという戦いだったのか。
儂《わし》は、なりを潜め久慈川の合戦を遠くから見ていた。
海、大地、空、それこそ天をも揺らすほどの兵器。
黒坂《くろさか》常陸の知恵か……。
ここまで恐ろしい物を作り上げるとは。
この日の本の国で最早《もはや》、織田に対抗できる者はおるまい。
島津《しまづ》もすぐに滅ぼされるだろう。
儂は海を渡る。
海を渡って対抗しうる者に取《と》り憑《つ》いてくれよう。
織田信長、黒坂常陸、いつの日か必ず殺してくれる。
儂の野望を砕きし者が治める国になどいてたまるか。

その後、南光坊天海の行方を知る者はいなかった。

《ルイス・フロイス視点》

オーなんてことでしょう。

私達《たち》が力を貸してあげた船であのような戦いを見せるとは。

しかも、降伏の許しを請うてきた者達すべてを殺してしまうなど、神をも恐れぬ大逆。

恐ろしきかな、オー神よ彼らの罪をどうか許してあげて下さい。

しかし、この国はあの男二人によって変わるでしょう。

最早遅れた国などと侮っていたら我々が食われてしまいます。

このこと、いやこれからも監視し続け、ヴァチカンにお知らせし続けねば。

彼らが海を渡り始めるのはそう遠くないでしょうと。

《前田《まえだ》利家《としいえ》と松《まつ》の野望》

「松、早く千世《ちよ》を大津中納言様に嫁がせよ」

「あら、利家様もやっと本気になったのですね？」

「あぁ、松の人を見る目は確かだな。あの常陸国の戦いを聞いたが、あの戦いは今後の国その物を変えるぞ。大津中納言様は国を変えたのだ」

「だから、そう言っているではないですか？　いずれ大出世されるお方だと」

「無理を申すな、儂は毛利《もうり》攻めで留守にしていたのだからな。会ったのは一度っきり、松ほど会っていないのだから」

「そうでしたわね。千世を早く嫁がせたいのですが、大津中納言様は年齢にこだわりをお持ちで、そう易々《やすやす》とはいかないのですよ」

「確かに千世は幼いが……儂が松を抱いたときなど確か十一だったはず。もう数年もすれば」

「……利家様、あれは上様にも叱られましたのを覚えていないのですか？　なにも知らない私を……」

「うっ、すまぬ、そう恐《こわ》い顔をするな。兎《と》に角《かく》、大津中納言様とのつながりを大切にしたい。慶次《けいじ》に一筆、したためるか。真面目に働けと」

「それは逆効果でしょう。今の慶次を大津中納言様は気に入っておりますから」

「あぁ、そうだったな。っとに、慶次もああ見えて仕えている家のことは漏らさぬし……儂が直々挨拶に出向くか？」

「時機を謝るとかえってよろしくないかと」

「ん？　今は駄目だというのか？　戦勝祝いの挨拶に行くのに良いではないか？」

「大津中納言様はお優しいお方、おそらく祝いの気分ではないはずです」

「うっ、そうなのか？」

「はい、そうなのです」

「なんとも不思議なお方よな……」

「お市《いち》様がそれとなく知らせをくれるのでお市様に付け届けを」

「そうか？　なら、この算盤《そろばん》で……」

「利家様、今はお金の話はしてはおりません」

「そっ、そうか……」

《羽《は》柴秀吉《しばひでよし》と黒田《くろだ》官兵衛《かんべえ》》

「官兵衛、大津中納言様のことどう見る？」

「殿、大津中納言様のこと調べるのに透波《すっぱ》を放っておりますが、家臣に忍びが多くなにやら上様が直々にお守りしている様子。触らぬ神に祟《たた》りなしと申します」

「では、近づくなと申すか？」

「はい、計り知れぬ者、変に突《つつ》けば藪《やぶ》から蛇になりかねませぬ。我々は島津を滅ぼすことに専念いたしたほうがよろしいかと」

「島津か、島津なども長くは持つまい。上様は間違いなく自ら戦艦を率いてくるぞ」

「私もそう思います。その為《ため》には上様が攻めやすいように海沿いは残しておいて、山側を落としていきましょう」

「うむ、上様に花を持たせるのだな？」

「はっ、そう言うことにございます」

「よし、官兵衛、清正《きよまさ》と正則《まさのり》を競わせて攻めさせよ」

「なかなか面白きかと」

「せめて九州は欲しいものよなぁ」

《茶々《ちゃちゃ》とお初《はつ》》

「姉上様、あのような真琴《まこと》様の大切な秘密をなぜに隠していたのですか？」

「あのことは、真琴様の絶対的な味方でなければ知ってはいけないこと。ですから、お初、あなたも、他家へ嫁ぐ可能性があったから言えなかったのです」

「……なるほど、戦国の世、姉妹と言えども、いつ敵味方になるかわかりませんでしたからね」

「でも、もうあなたは真琴様の側室、真琴様を支えなければなりません。強い覚悟を持ちなさい」

「姉上様の覚悟とは？」

「私は……やきもちの封印でしょうか？　兎に角、今は真琴様のお世継ぎを作らねばならなく、私は真琴様を独り占めしたいという欲を捨てる覚悟を持っています。お初、あなたも真琴様がいじらしく思えるでしょうが、そこはわかりなさい」

「はい、姉上様……桜子《さくらこ》達くらいならそのわかりますが」

「私は、真琴様と契を結ぶ女子達こそ、御側《おそば》で働くには良いと思っております。いずれはさらに増えることも」

「そんなにですか？」

「そうです。良いですか、契を結んだ者ほど信頼出来る者はおりませんから」

「一理あります。ですが、増えすぎると寵愛《ちょうあい》が……」

「真琴様はきっと平等に扱ってくれますわよ。増えたとしてもね。それより、お初、あなたは少し真琴様に暴力的です。控えなさい。控えないと他の誰よりと言うより、お江《ごう》に取られてしまいますよ」

「あっ、……はい。気を付けます。ですが、少々喜んでいますよね？　真琴様。私のこと『つんでれ』とか、未来の言葉で何やら表現していましたし」

「真琴様の言葉は難しいですからね。『つんでれ』とは、何なのでしょうか？　今度聞いてみましょう」


二人は、真琴へのやきもちの封印を決めていた。

特別編　美少女のぬか漬け

「おっ、ぬか漬け段々良い味になってきたね」

天正大地震のあと体を壊した俺の療養生活は、いつにも増して、料理を味わっている時間が多く出来た。これは嬉《うれ》しい一時だ。

「ええ、私達交替で毎日毎日ぬか床をこねて来たのです」

梅子《うめこ》と桃子《ももこ》が、ぬか床をこねる仕草をして見せた。

ん？……美少女の側室が素手でこねるぬか床……はっ！

深く考えると、なんだか究極に萌《も》える食べ物な気がする。

メイドカフェのお絵かきオムライスより萌え成分が多いのでは？

毎日毎日、美少女がこねくり回す、ぬか床。

一生懸命、汗を流しながら、かき混ぜるぬか床。

……この美味《うま》さは塩味は、そう言うことなのか？　美少女成分が入っている？　美少女の肌の常在菌が入ってる？　少々興奮すると、

『いや、違うぞ、正気になれ！』

どこからか声が聞こえた気がした。

うん、きっと愛情がこもっているから美味いのだろう。

美少女成分がぬか床に染み入っているから美味《おい》しいわけではないはず。

うん、そう思おう。

ぬか床をかき回している、すべての人に失礼だな。

たまたま、うちの側室が漬けているぬか床が、俺の舌に合うのだろうと、思うことにした。

はぁ〜それにしても美味いな、梅子達が漬けるぬか漬け。

ぬか漬けは乳酸菌などが豊富で、体に良いらしい。

食べ続けるようにしないと。

あっ、信長《のぶなが》様の健康料理にも取り入れさせよう。

このぬか床が、黒坂家が代々受け継いで、令和まで残るということを真琴は知るはずもなかった。

あとがき

『本能寺から始める信長《のぶなが》との天下統一３巻』読んでいただき、ありがとうございます。
この巻を書いていて終盤に、編集さんからやたら開きにくい極秘文書が届きました（笑）
なんと！
コミカライズ化進行中！

夢の一つであるコミカライズ化、嬉《うれ》しいです。文章ではなく、漫画で生き生きと活躍するヒロイン達《たち》、ハァハァハァハァ、想像すると興奮いたします。きっと私も一読者目線としてファンになるでしょう。

この、あとがきを書いている最中はまだ、『極秘』扱い。企画書とキャラデザインを見ただけなので、お知らせは公式発表をご覧いただければと思います。


さて、今回も、あとがきで茨城の観光名所をＰＲしたいところですが、この御時世で良いものなのか？　と、思うので、今回は茨城のフルーツです。この巻が発売されている頃は夏真っ盛りと思います。

皆さん、『スイカ』食べたくないですか？

夏と言えばスイカ！　茨城県はスイカの出荷量も全国10位以内なんですよ。

最近、お笑いコンビ・カミナリお二方のPRで、メロンが茨城県が出荷量1位であることは、知られるようになってきているみたいですが、意外にもフルーツ大国なんですよ。メロン・スイカの他に、いちご、梨・桃・葡萄《ぶどう》・リンゴ・栗《くり》、様々なフルーツが茨城県では盛んに作られております。

スーパーに行ったときなど、ちょっと産地を見てみて下さい。意外に『茨城県産』ですから。

『#茨城を食べよう』『#食べたらうまかっぺ茨城』食品で茨城を楽しんでいただければと思います。私は夏と言えば、鮟鱇《あんこう》を酢味噌《すみそ》に付けて冷酒で一杯です（笑）

さて、本編ですが、今回、天正大地震について書いておりますが、この時代の地震の資料は入り乱れており、手元の資料を見ながら書きましたが、おそらく専門的に学ばれた方にとっては、ツッコミどころが多いかとは思いますが、史実を取り入れたフィクションとして読んでいただければと思います。

以前にも書きましたが、この物語は災害のことも書いております。これは興味本位など軽い気持ちではなく、少しでも災害を忘れないで欲しいという３１１の強震を経験した私の気持ちです。災害は忘れた頃にやってくる。

この本を読んだときに、ちょっとだけ思い出して、備蓄品を再確認するなど、小さな再確認、小さな防災意識を思い出していただければと、私としては思います。

今回、お初《はつ》がとても活躍しました。

お初、かわいいですよね。今出ているヒロインでは唯一のツンデレヒロインです。

こんな、ツンデレ妹が私は欲しい。

妹、普段は兄を蹴りながらも実はシスコン、そんな妹に萌《も》え〜。

今後も、いろいろな萌えを与えてくれるヒロインを登場出来るよう頑張ります。

この次は、4巻より先にコミカライズ版で御目《おめ》にかかることになるのかな?

是非とも、コミカライズ版も読んでいただければと思います。

また、茨城新聞様にインタビューを載せていただきありがとうございます。これからも茨城PR作家としてがんばります。

常陸《ひたちの》之介《すけ》寛浩《かんこう》

OVERLAP

本能寺から始める信長との天下統一 3

発　行　2020 年 7 月 25 日　初版第一刷発行
2021 年 1 月 8 日　第二刷発行

著　者　常陸之介寛浩

発行者　永田勝治

発行所　株式会社オーバーラップ
〒141-0031　東京都品川区西五反田 7-9-5

校正・DTP　株式会社鷗来堂

印刷・製本　大日本印刷株式会社

Printed in Japan ISBN 978-4-86554-697-2 C0193